Mellie Eliel

L'autre, lui et moi

Roman

Mellie Eliel

© Mellie Eliel, 2024

Édition : BoD · Books on Demand GmbH, In de Tarpen 42, 22848 Norderstedt (Allemagne)
Impression : Libri Plureos GmbH, Friedensallee 273, 22763 Hamburg (Allemagne)

ISBN: 978-2-3224-9784-3
Dépôt légal : Novembre 2024

Le code de la propriété intellectuelle n'autorisant aux termes des paragraphes 2 et 3 de l'article L.122-5, d'une part, que les copies ou reproductions strictement réservées à l'usage privé du copiste et non destinées à une utilisation collective et, d'autre part, sous réserve du nom de l'auteur et de la source, que les analyses et les courtes citations justifiées par le caractère critique, polémique, pédagogique, scientifique ou d'information, toute représentation ou reproduction intégrale ou partielle, faite sans le consentement de l'auteur ou de ses ayants droit ou ayants cause, est illicite (article L.122-4). Cette représentation ou reproduction, par quelque procédé que ce soit, constituerait donc une contrefaçon sanctionnée par les articles L.335-2 et suivants du Code de la propriété intellectuelle.

1

Le soir venu après être rentrée et avoir fait ma rentrée des classes comme chaque année, je plongeais dans mon sac à dos pour tenter de faire mes devoirs. En ce temps-là, je vivais avec ma mère et mon beau-père méchant, violent tant physiquement que psychiquement et manipulateur à souhait. Il ne travaillait pas et restait à la maison pendant que ma mère sortait toute la journée et ne revenait que tard le soir. C'était donc lui qui m'aidait à faire les devoirs, non pas que je le veuille, je n'avais pas mon mot à dire, même à mon âge. Il avait beau m'expliquer les consignes, il avait beau tenter des approches différentes, rien. Il ne se passait rien, mon cerveau bloqué. Et je repensais à ce nouvel élève qui était dans ma classe. C'était un garçon qui semblait timide et distant. Il n'était ni grand ni petit. Il était habillé normalement. Il paraissait musclé. Il devait faire du sport pour se maintenir en forme. Il semblait avoir des problèmes, il ne parlait pas avec les autres élèves, en même temps ces derniers étaient vraiment stupides, tout ce qui n'étaient pas comme eux, ils s'en moquaient.

Moi par exemple, j'étais depuis petite, la risée de tous. Ils se moquaient parce que j'étais grosse, que je ressemblais à une grosse baleine, à une grosse vache. La vérité, c'est qu'aucun d'entre eux ne vivaient le cauchemar qui se produisait chaque jour à l'appartement familial. Alors penser secrètement aux garçons, en tomber amoureuse était devenu mon passe-temps favori. J'étais à cette époque bien complexée, je n'avais rien pour moi. J'étais une jeune fille simple, pas pauvre, mais pas aisé non plus, mes notes étaient bien médiocres. Mais j'étais cette fille sur qui l'on pouvait compter, j'étais toujours prête à aider les autres, que ce soit dans une écoute bienveillante ou un soutien. Je passais alors mes récréations avec ces jeunes-là et cela me faisait passer le temps. Cela me faisait un peu oublier mes malheurs. Cela me permettait de supporter mon quotidien lourd. Je n'avais alors qu'une quinzaine d'années. J'étais en quatrième et j'avais déjà l'impression d'avoir vécu mille vies, tant les évènements difficiles s'enchainaient. Mais il y avait ce garçon. Il m'intriguait. Il me laissait rêveuse. Je m'imaginais en train d'aller lui parler et faire connaissance. Il n'était ni avenant ni rien, il semblait renfermer. Pourtant, quelque chose m'attirait en lui. Peut-être qu'au fond, j'avais l'impression qu'il était comme moi, sous un autre aspect. Il n'avait pas l'air très heureux non plus, ni épanoui. Je n'en savais rien car aucun de nous deux n'avaient oser faire le premier pas. Je l'avais déjà surpris en train de m'observer fixement à de nombreuses reprises. Et lorsqu'il s'en rendait compte, il détournait le regard, l'air de rien. Peut-être craignait-il que je l'aborde ? Je n'en su rien à ce moment-là. L'année passa comme les précédentes, difficile, compliquée, humiliée par les autres élèves, harcelée et insultée copieusement alors que je ne faisais rien pour cela. Je m'étais même fait raquetter par une fille plus petite que moi mais qui pointait son poing vers moi et qui me menaçait de me casser la figure avec ses frères. Alors pour ne pas subir des coups supplémentaires, j'avais obéi sans dire un mot.

Et bien sûr, elle en profita pour recommencer, jusqu'à ce que ma mère s'en rende compte et me fasse parler. Un scandale éclata alors au collège. Les professeurs sanctionnèrent la fille responsable de cette situation, j'eu énormément de problèmes par la suite en retournant là-bas. Ses frères m'attendaient à la sortie pour me régler mon compte. Et c'est là que tout bascula pour lui et moi. Il avait certainement entendu parler de l'histoire qui avait jasé autour de moi. Alors le jour où j'aurais dû me faire casser la figure, je me rappelle bien qu'ils m'avaient bloqué le chemin, la plupart des élèves regardaient de loin, pas un n'envisageaient de m'aider. Je pouvais les entendre rire et se moquer de moi. Les frères de cette fille semblaient avoir plus de la vingtaine et étaient armés de couteaux. Ils m'insultaient dans leur langue d'origine tout en s'approchant dangereusement de moi, spontanément je me recroquevillais pour me protéger, mettant mes mains au-dessus de ma tête. Et alors que je m'attendais à recevoir les coups, j'entendis un grand fracas et le garçon les cognaient fortement. Il les insultaient et les fit déguerpir rapidement, menaçant d'appeler la police. Je regardais la scène avec stupeur. Il s'approcha de moi et me tendit la main pour m'aider à me relever. Je la lui saisis, le remercia en bafouillant, mon cœur s'accélérait fortement, je devenais certainement très rouge et finit par baisser les yeux. Il me dit : « Je m'appelle Eliam et je suis avec toi, à compter d'aujourd'hui, plus personne ne te fera du mal, je veillerais sur toi. »

Je relevais la tête et je ne sais pourquoi, je me laissais aller à une pulsion, je me jetais dans ses bras et me mit à pleurer. De toute ma vie, jamais personne et encore moins un garçon n'avait fait cela pour moi, jamais personne ne m'avait promis que ma souffrance serait terminée. Je sentais qu'il était étonné mais il finit par me serrer contre lui et après m'être un peu calmer, je réalisais mon geste et m'écartais rapidement, honteuse. Il voulut me dire quelque chose mais mon beau-père se trouvait là, derrière moi et m'appela : « Sheli ! »

Je sursautais et laissait entr'apercevoir une peur paralysante sur mon visage. Eliam le ressenti instantanément et s'écarta un peu. Il fut pris de malaises violents lorsque ce dernier était arrivé. Il ne savait pas encore très bien pourquoi mais Sheli lui jeta un coup d'œil désespéré qui lui déchira le cœur, elle lui fit un signe de tête comme pour le remercier et s'éloigna de lui doucement. Son beau-père se nommait Assem. Et il était un peu plus grand que Sheli, il avait le regard sombre, méchant, vicieux et monstrueux, avec de grandes mains, il portait des lunettes, ses cheveux étaient grisonnants, il portait un costume avec une cravate et des mocassins noirs aux pieds. Il touchait Sheli derrière le dos et celle-ci tressaillit. Eliam les observaient et comprit que les plus gros problèmes venaient de ce type qui n'était qu'un étranger pour elle. Il était bien décidé à l'aider mais comment faire pour ne plus croiser cet être abjecte et pervers qui le rendait si mal à l'aise ? Il prit la direction de son domicile et y réfléchit longuement, jusqu'au lendemain où il ne trouva pas celle qu'il avait défendu la veille. Que lui était-il arrivé ? Il s'inquiétait vraiment beaucoup pour elle. Quand reviendrait-elle ?

2

Plus d'une semaine passa et ce n'est que la suivante que Sheli reprit les cours. Dès qu'il l'a vit, il se dirigea vers elle, elle avait changé de coiffure, elle avait à présent une frange mal coupée qui lui cachait la moitié haute de son visage. Elle portait également des vêtements longs alors que les beaux jours commençaient à arriver. Il se trouvait près d'elle et lui dit : « Sheli, pourquoi étais-tu absente la semaine dernière, que s'est-il passé ? »

Celle-ci n'osait pas le regarder de peur qu'il comprenne son calvaire. Voyant qu'elle ne répondait pas, il prit le parti de lui relever le menton doucement et dès qu'il croisa son regard, il constata que celui-ci était vide. Elle avait le regard vide. Il écarta sa frange de ses yeux et découvrit des plaies en cours de cicatrisation, il releva ses manches et aperçut des traces de coups qui avaient déjà changer de couleurs. Ces traces étaient larges et passaient du bleu/violet au marron foncé, enfin c'était un mélange de toutes ces couleurs. Il lui dit : « C'est ton beau-père qui t'a fait tout ça ? »

Sheli hocha la tête. À ce moment-là, elle ne ressemblait plus à une adolescente de quinze ans, mais à une petite fille. Il sentait une haine l'envahir, il lui prit la main et lui dit : « Je suis là, je vais t'aider, nous allons trouver une solution pour que tu t'en sortes. »

Sheli lui répondit presque en chuchotant : « Pourquoi tu fais tout ça pour moi ? »

Eliam : Parce que je ne veux pas te voir souffrir, tu ne mérites pas ça. Tu es une chouette fille et tu es mon amie.

Sheli : Merci, tu es bien le premier à ne pas me traiter de grosse ou à m'insulter.

Eliam : Ils sont stupides, je ne suis pas comme eux.

Sheli : Je le sais oui.

Eliam sourit. Il lui toucha le visage et elle sursauta. La douleur était encore très vive, elle laissa couler des larmes sans même s'en rendre compte. Il les lui essuya et lui dit : « Chez toi c'est peut-être l'horreur, mais tu auras un refuge, car ici, avec moi, tu seras en sécurité et tu seras libre de tes mouvements. »

Sheli : Je te remercie.

Eliam : Avec plaisir.

Il s'étonnait lui-même. Jamais, il n'aurait pensé être capable de faire preuve d'empathie envers autrui, mais Sheli l'avait attiré depuis le premier jour de rentrée. Au début, il pensait que c'était juste de la pitié, il voyait bien comment les autres la traitaient, il observait tout ce qu'il se passait, se faisant aussi discret que possible. Puis, avec le temps, il avait constaté la générosité de cette dernière, son sourire et ses yeux bienveillants. Et petit à petit, il avait ressenti l'envie de la protéger, le besoin d'être présent. C'est pourquoi, il n'avait pas hésité à la secourir la dernière fois, sans même penser aux conséquences. Il avait fait cela instinctivement. Il ne l'avait pas regretté.

Les autres élèves de la classe avaient ouïe dire ce qu'il s'était passé et l'un des garçons les plus populaires de la classe vint et lui dit : « Alors comme ça, tu as sauvé ta petite copine l'autre jour ? »

Eliam ne répondit rien. Il préférait les ignorer. Il tenait la main de Sheli fermement. L'autre s'appelait Calvin et était le plus grand de la classe, c'était un fils à papa, il était le tombeur du collège, toutes les filles en étaient folle. Il le savait et en jouait. Et son passe-temps favori était de se moquer des autres élèves différent en tout point. Calvin insista : « Alors tu as peur de répondre l'handicapé ? »

Eliam se retourna et lui mit un coup de poing entre les deux yeux. Il lui dit : « Laisse-nous tranquille, tu as compris ! »

Toute la classe se trouvait à présent autour d'eux, Sheli lui dit : « Non, tu n'aurais pas dû ! »

Eliam : Il m'a traité d'handicapé ! Je n'allais pas le laisser dire ça alors que de nous deux, c'est lui le plus manchot !

Sheli ne répondit rien. Calvin se releva et voulut riposter mais cette dernière s'interposa et prit le coup en plein visage. De toute façon, elle était déjà difforme alors pourquoi ne pas continuer.

Eliam demeura choquer par ce geste aussi imprudent qu'héroïque. Sheli ressentit une vive douleur dans l'ensemble de son corps déjà meurtri. Elle tomba sur le sol et fut prise de convulsions. Eliam s'approcha d'elle et la releva un peu, il lui parlait : « S'il-te-plaît, reviens à toi ! Ne me laisse pas là avec tous ces abrutis, reviens et nous ne nous quitterons plus ! Je t'aime ! »

Calvin : Vous entendez ça ? Il l'aime ! Il aime le boudin de la classe ! Hahaha c'est vraiment pathétique !

Eliam se redressa et lui sauta dessus, cette colère qu'il tentait depuis tout jeune de maitriser refaisait surface à cet instant précis et s'il n'avait pas été séparé par les enseignants, il l'aurait peut-être tuer.

Calvin saignait abondamment et fut envoyer à l'infirmerie accompagné d'autres camarades. Eliam fut mis de côté et Sheli prise en charge par les pompiers. Elle ne revenait toujours pas. Les professeurs découvrirent en même temps que ces derniers qu'elle était couverte d'hématomes gigantesques de la tête aux pieds. Ils se regardèrent l'air sérieux et chacun savait exactement ce qu'il avait à faire. Les pompiers l'emmenèrent rapidement aux urgences pendant que le proviseur du collège qui venait d'être mis au courant, contacter les parents de Sheli. La police s'en mêla et l'affaire s'enclencha. Eliam, quant à lui, fut exclu pendant trois jours. Il ne chercha pas à négocier sa sentence. Ses parents lui reprochèrent son comportement, mais il ne les écoutaient plus. Ses pensées étaient tournées vers Sheli, comment était-elle ? Qu'est-ce qui allait se passer pour elle avec l'intervention de la police ?

3

Pendant ces trois jours, il tenta d'avoir des nouvelles par le biais des quelques copines qu'elle pouvait avoir. C'était pour lui, un véritable défi, un calvaire que de lancer une conversation surtout pour demander un numéro ou des nouvelles d'une fille.

Il tournait ses approches dans sa tête et finit par se lancer, rien ne servait de tourner en boucles sans jamais passer à l'action. À la sortie du collège, il attendit un peu et s'élança à la poursuite d'une de ses meilleures copines, il lui toucha le bras, elle sursauta et il lui dit : « Euh, je voudrais savoir, as-tu des nouvelles de Sheli ? »

La fille le dévisagea et lui dit : « Attends, c'est toi qui a cassé la figure à Calvin ? »

Eliam hocha la tête. Elle ajouta : « Tu as fait ça pour défendre Sheli ? »

À nouveau, il hocha la tête. Elle lui dit : « Son père est un homme très puissant, il compte porter plainte contre toi. »

Eliam : Très bien. As-tu des nouvelles de Sheli ?

La fille s'appelait Télia et lui dit : « Je sais juste qu'elle a été admise aux urgences et que les médecins ont découvert de multiples plaies, blessures et contusions partout, des sévices physiques, sexuels et psychiques répétés à son encontre. Ils l'ont soigné et ont contacté la police qui a, plus tard, voulu l'interroger mais elle a refusé de répondre à leurs questions. Moi je pense qu'elle craint son beau-père, c'est un mec super violent, quoi qu'elle fasse, elle est battue violemment et sa mère est complètement sous sa coupe. De ce qu'elle m'avait brièvement raconté, il y a chaque jour de nouvelles crises chez eux, où sa mère se tape la tête contre les murs en hurlant contre ce fou furieux pour tenter de le dissuader de tuer et massacrer Sheli. Et elle, elle subit les menaces, les insultes, les coups et la violence psychologique qu'elle subit. »

Eliam était consterné, il lui dit : « Elle est dans quel hôpital ? »

Télia : Elle est hospitalisée au centre non loin de la clinique vétérinaire. Tu vois ou non ?

Eliam : Oui.

Il allait rebrousser chemin mais elle lui dit : « Attends ! Que comptes-tu faire ? »

Eliam ne se retourna pas, il répondit simplement : « Je vais aller la voir. »

Télia : Sois prudent, cet homme, ce beau-père a une forte emprise sur Sheli et sa mère, il est très toxique. Ce qu'il veut, c'est sa perte. Il œuvre contre elle depuis qu'elle est née.

Eliam s'était retourné vers elle : « Tu la connais depuis longtemps ? »

Télia : Nous avons quinze ans et je la connais depuis que nous avions cinq ans, donc dix ans déjà. Et elle était déjà comme ça, et plus le temps passe, plus cela s'aggrave.

Eliam : Tu as parlé tout à l'heure de sévices sexuels, tu veux dire qu'il... Il se tût, cette pensée le rendait malade.

Télia : Oui, il la violente depuis très longtemps, toujours dans le dos de sa mère. Elle a déjà tenté d'en parler mais elle a à chaque fois été obligé de démentir parce qu'il l'avait menacé de la torturer et de la tuer ensuite. Elle avait eu tellement peur qu'elle a préféré démentir, ça n'a pas aidé à l'école et en début du collège.

Eliam : Tu veux dire il y a deux ans ?

Télia : Oui.

Eliam : Et là tout recommence.

Télia : Je te remercie de t'occuper d'elle, jusqu'à présent j'étais la seule à être au courant de sa situation et c'était super lourd à porter. Puisque tu sembles t'être attacher à elle, je te cède ma place. Ce n'était pas facile d'être copine avec elle, d'abord parce que les autres me montraient du doigt et ensuite à cause de sa vie.

Eliam : Donc tu la laisses tomber ?

Télia : Elle t'a toi maintenant. Je suis désolée, je n'ai pas les épaules pour supporter tout ça encore.

Elle tourna les talons le laissant dépiter. Il marchait machinalement en direction de son domicile puis il sortit de ses pensées et bifurqua vers l'hôpital. Il était décidé à la revoir avant de rentrer.

4

Il marcha un petit quart d'heure et il semblait bien décidé à la voir coûte que coûte. Contre toute attente, il croisa la route du beau-père de Sheli. Celui-ci le fixait et l'arrêta net : « Où vas-tu comme ça ? Ma fille n'a pas le droit aux visites, et encore moins celles de garçons. »

Eliam prit sur lui et répondit : « Je ne suis pas n'importe quel garçon et puis vous n'êtes pas son vrai père, alors inutile de faire semblant de vous préoccuper de son bien-être. Vous ne m'impressionnez pas, vous n'êtes qu'une ordure et je ne vous aime pas. Et j'espère bien que Sheli pourra enfin se libérer de vous ! »

Il tourna les talons et poursuivit son chemin. Assem le regarda partir et l'on pouvait voir son visage se fermer. Il poursuivit sa route. Eliam rentra dans l'hôpital, ce lieu, il ne l'aimait pas, cela sentait souvent les médicaments et les produits d'entretien, au moins c'était propre, mais cela lui rappelait son grand-père maternel, la maladie et la mort.

S'il avait eu d'autres choix, il n'y serait plus jamais retourner mais il sentait qu'il lui fallait dépasser ses angoisses et se surpasser. Il s'adressa à la dame de l'accueil : « Bonjour, je viens voir Sheli Galia, elle a été transportée par les pompiers en urgence hier. »

La secrétaire recherchait son nom et lui dit : « Il semble qu'elle soit surveillée par la police, tu es de sa famille ? »

Eliam : Non, je suis un ami proche. J'étais là au moment où elle s'est pris le coup de l'un des élèves de notre classe. Elle a voulu me protéger en le prenant à ma place.

La secrétaire : C'est un geste héroïque, elle devait vraiment tenir à toi pour faire cela !

Eliam ne répondit rien. Il allait tourner les talons lorsqu'il tomba nez à nez avec une femme qui avait un air de ressemblance avec Sheli. Celle-ci lui dit : « Tu es Eliam ? »

Il hocha la tête. Elle lui dit : « Je suis la mère de Sheli, viens suis-moi. Je vais te mener à elle. »

Il la suivit et elle lui dit : « Maintenant qu'elle est ici, tout le monde nous accuse son père et moi de la maltraiter… »

Eliam la dévisagea et lui envoya une pic : « Non, madame, il n'est pas son père, elle-même parle de lui en disant qu'il n'est que son beau-père. Donc, vous ne pouvez pas aller contre ses dires, pas après tout ce qu'il lui fait subir. »

Sa mère l'arrêta et lui dit : « Attends-là ! Pour qui te prends-tu de me parler sur ce ton ? Tu débarques dans sa vie et tu prétends tout connaître d'elle ? »

Eliam : Pas du tout, je ne voulais pas vous manquer de respect mais je rétablis les dires de votre fille, il n'est pas son père biologique, il est un type qui n'a aucun lien de parenté avec elle.

Sa mère semblait dépité qu'il répète ses paroles, elle trouvait qu'il avait un drôle de toupet. Ils se retrouvèrent rapidement devant sa chambre, les rideaux étaient baissés et elle avait l'air vraiment épuisé. Deux policiers gardaient sa chambre et deux autres se trouvaient à ses côtés.

La mère rentra et les salua puis elle s'adressa à sa fille et lui dit : « Sheli, tu as de la visite, il s'agit de ton ami Eliam. »

Sheli n'eut aucune réaction. La mère qui s'appelait Naelie fit un geste à ce dernier pour qu'il s'approche. Elle demanda aux policiers de sortir afin de les laisser un peu seuls, ils acceptèrent pour un temps limité.

Eliam s'assit sur la chaise près d'elle et lui prit la main, il rapprocha ses lèvres de sa peau et l'embrassa. Il s'étonnait lui-même d'agir ainsi. Jamais, ô grand jamais, il n'aurait pensé se comporter comme ça. Mais, ce qu'il ressentait pour elle, c'était du vrai, il savait, sans doute inconsciemment, qu'il avait un avenir avec elle. Elle tourna la tête dans sa direction comme si elle venait de réaliser sa présence à ses côtés. Il lui fit un sourire magnifique. Il lui dit : « Je me suis renseigné pour avoir tes nouvelles et je suis venu au culot pour te voir. Ta mère m'a vu et m'a ramené ici. Comment te sens-tu ? »

Sheli ne répondit rien. Il ajouta : « Ce que tu as fait pour moi était un geste incroyable ! Mais tu sais, je ne suis pas en sucre, j'aurais pris le coup et aurait répondu plus fort ! »

Sheli sourit timidement et chuchota : « Ils veulent savoir s'il me bat et à quelle fréquence, sauf que si j'en parle, il me tuera, il me la encore répéter tout à l'heure. Ma mère le défend contre moi…J'ai envie de mourir. »

Eliam lui tenait toujours la main, il la lui serra plus fermement. Elle pleurait. Il ne parvenait pas à se rappeler son visage sans larme, avec un large sourire et un visage paisible et épanoui. Son cœur se serra. Il lui dit : « Je suis navré pour tout ce que cette ordure te fait subir, si seulement nous étions déjà majeurs, on pourrait faire ce que l'on veut. »

Sheli : Je ne crois pas que je tiendrais jusqu'à la majorité.

Eliam : Tu tiendras car je suis là, avec toi et je ne te laisserais pas. Je te le promets.

Sheli : Pourquoi tu fais tout ça pour moi ?

Eliam baissa la tête et lui dit : « Parce que je t'aime Sheli. Cela m'est tombé dessus et depuis je pense à toi tout le temps, mon cœur s'emballe quand je suis près de toi. Et lorsque je n'ai pas de nouvelles, je suis anxieux et maladroit, encore plus que d'habitude… »

Sheli : Tu m'aimes ? Mais pourquoi ? Je n'apporte que malheur autour de moi. Et puis, il te fera du mal si tu t'accroches trop.

Eliam savait pertinemment qu'elle parlait de l'autre Assem, il lui dit : « Ne t'en fait pas pour lui, il sait très bien ce que je pense de lui. »

Sheli sursauta, son visage craintif réapparu et elle dit en tremblant : « Que veux-tu dire ? »

Eliam : Je l'ai croisé tout à l'heure et je lui ai dit ce que je pensais à son sujet. Il était dépité.

Sheli : Fais attention à toi, je t'en prie. Ne m'abandonne pas.

Eliam : Non, je suis avec toi. Tu as mal ? Sais-tu combien de temps tu vas rester ici ?

Sheli : Oui j'ai mal malgré les antalgiques. Et pour le reste, cela va dépendre de la police, je crois bien. Et au collège, que s'est-il passé ensuite ?

Eliam : J'ai été renvoyé trois jours et le père de Calvin veut porter plainte contre moi.

Sheli : Tout ça, à cause de moi… Je suis désolée.

Eliam : Tu n'as rien fait de mal. C'est Calvin qui a commencé. C'est lui la tête brûlée.

Sheli : Tu ne l'aimes pas hein ?

Eliam : Non. C'est un con. Dis-moi, c'est quand ton anniversaire ?

Sheli : Courant du mois de juin. Et toi ?

Eliam : Je suis de fin d'année. Courant novembre.

Sheli : D'accord.

Eliam : Tu tiens le coup, d'accord ? Dis-moi, tu as un téléphone ? Comme ça on pourrait s'écrire plus facilement.

Sheli : J'en avais un mais il l'a cassé. Il a dit que je n'en avais pas besoin.

Eliam : Oui, enfin tu as quinze ans, tu n'es plus une petite fille, tu peux bien avoir un téléphone.

Sheli ne répondit rien. Que pouvait-elle dire à ce propos. Il allait parler mais la porte s'ouvrit et le médecin de garde leur dit : « Les visites sont terminées pour aujourd'hui. Il te faut du repos Sheli. »

Eliam : D'accord, je reviendrai demain. Docteur, combien de temps va-t-il lui falloir pour qu'elle se rétablisse ?

Le docteur : Cela va dépendre de plusieurs facteurs.

Eliam : Je vois. Bon, je vous laisse. Il s'approcha d'elle et l'embrassa sur le front. Elle le regarda s'éloigner lentement. Il n'avait pas envie de la laisser, il serait bien rester près d'elle toujours. Il ne se retourna pas de peur de ne pas pouvoir la quitter.

Il rentra directement chez lui et s'allongea sur son lit, fixant le plafond longuement. Il se remémorait son visage et les in expressions qui la représentaient à ce moment-là. Il cherchait une solution pour l'aider, la protéger, l'avoir toujours près de lui. Il sortit de ses pensées lorsqu'il entendit son père l'appelait d'en bas. Il se leva et alla le trouver. Celui-ci lui dit : « Que s'est-il passé au collège ? »

Eliam : Rien du tout.

Son père s'appelait Sylvan et était directeur d'agences bancaires de deux des trois banques de la ville où ils vivaient. Sylvan avait reçu un appel du père de Calvin qui racontait des mensonges sur les faits déroulés dans l'enceinte du collège.

Eliam lui répondit : « Pourquoi crois-tu son père plutôt que moi ? »

Sylvan hurlait, il ajouta : « Tout ça pour cette pauvre fille ! Tu vas arrêter de la voir ! »

Eliam : Laisse-là en-dehors de ça, veux-tu ?

Sylvan : Non, tu vas la quitter, elle ne t'apportera que des problèmes, elle n'est pas issue d'une bonne famille.

Eliam : Non mais tu t'entends ? C'est quoi une bonne famille ? Les parents de Calvin ?

Sylvan : Oui tout à fait.

Eliam : Tout ça parce qu'ils ont un gros compte en banque.

Sylvan : Je suis ton père et tu vas m'écouter. Quoi qu'il arrive, je ne veux plus entendre parler de problèmes avec Calvin et surtout ne fréquente plus cette fille.

Eliam : Et au fait, si tu ne savais pas, il m'a traité d'handicapé, ça aussi c'est normal ?

Sylvan haussa les épaules et partit vaquer à ses occupations. Eliam retourna dans sa chambre et s'enferma à double tour.

Il était écœuré, son père ne comprenait décidément rien. Et tout ce qu'il savait faire c'était de hurler toujours plus fort. Il ne lui avait même pas fait de remarques sur les trois jours d'exclusion, comme si cela n'était pas important. En tout cas, certainement moins que la colère du père de Calvin. Il alluma son ordinateur et fit des jeux pour se calmer. Il joua jusque tard dans la nuit, incapable de dormir, il se releva et alla dans la cuisine pour manger et boire quelque chose rapidement avant de remonter pour de bon cette fois.

5

Le lendemain, il se réveilla tard. Il se remémorait le rêve de la nuit et ses réflexions. Habituellement, il était toujours craintif de l'inconnu, de toutes choses nouvelles, il avait tendance à tout remettre à plus tard, à tout vérifier constamment, à se braquer pour un oui pour un non, à ne pas aimer l'imprévu, à tout vouloir programmer. Il n'aimait pas les gens, il les trouvaient inintéressants et stupides, il ne lui était pas simple ni aisé de se faire de nouveaux amis, ses loisirs n'étant pas forcément identiques aux adolescents de son âge. Il s'était mis au sport depuis quelques années et cela lui faisait du bien de voir sa silhouette évoluait au fil du temps. Il passait habituellement beaucoup de temps à jouer à l'ordinateur ou sur sa Xbox, à des jeux, et le reste du temps, il lisait dans le silence ou en écoutant de la musique américaine ou non. Il n'était pas très sociable, il aimait les animaux et les aidaient dès qu'il le pouvait, si c'était dans ses capacités, il avait l'amour des détails et avait d'ailleurs une mémoire d'éléphant, il avait le vertige, enfin tout dépendait des expériences. Il était maniaque, minutieux, complexe, son cerveau fonctionnait chaque minute, chaque heure de chaque jour, il n'avait aucune notion du temps et soit celui-ci était trop court, ou trop long. Il n'était jamais en phase. Il gardait en mémoire des détails insignifiants que la plupart des gens oubliaient dans l'heure. Il n'avait aucune adaptabilité au changement, à l'autre, à priori aucune empathie et un grand stress l'envahissait facilement. Son plus grand défi était les interactions sociales, il pouvait tout à fait rester seul et réfléchir sans avoir besoin de communiquer. Il avait des passions différentes des autres jeunes. Pourtant, il pensait qu'il n'était pas aussi étrange que cela. Les jeunes et les gens de manière générale, le trouvaient différents. Il n'avait pas sa langue dans sa poche, lorsqu'il avait besoin ou envie de dire quelque chose, il y allait carrément et tant pis pour celui ou celle qui se recevait ses commentaires.

Mais une partie de ses caractéristiques avaient sauté ou en tout cas s'étaient amoindries depuis qu'il avait rencontré Sheli. Son cœur avait décidé de l'aimer et même si on lui avait demandé de ne plus la voir, il ne pouvait s'empêcher de penser à elle.

Lorsqu'il se leva, il trouva son père avec Calvin et un autre bonhomme plus âgé. Il comprit qu'il s'agissait du père de ce dernier. Sylvan lui dit : « Présente des excuses au père de ton ami. »

Ce dernier souriait l'air triomphant, Eliam ne le supporta pas. Son père insista : « Allez Eliam, excuse-toi ! »

Eliam : Je n'ai rien fait de mal.

Sylvan : Viens avec moi une petite minute !

Il entraina son fils à l'extérieur et lui dit sur un ton autoritaire : « Tu vas le faire immédiatement. »

Eliam rentra et se posta devant ces derniers et leur dit : « Je suis désolé d'avoir engendré malgré moi cette situation, mais sachez monsieur que votre fils m'a traité d'handicapé alors que j'étais venu en aide à une fille de notre classe qui se faisait embêter par des gars majeurs et qui étaient prêts à la passer à tabac. Donc, je serais vous, je lui apprendrais que de ne pas aider les personnes en situation de danger, c'est de la non-assistance et c'est puni par la loi. Voilà, bonne journée ! »

Sylvan regarda son fils remonter dans sa chambre, il avait eu juste le temps de s'attraper ses céréales. Calvin rigolait bêtement et dit : « Ouh je crois qu'il va se faire taper sur les doigts ! »

Son père le dévisagea et rétorqua : « Est-ce vrai ce qu'il a dit ? »

Calvin ne s'attendant pas à cette réaction, tenta de se disculper : « Non, bien sûr que non. Il a dit ça parce qu'il est jaloux que toutes les filles me courent après. »

Son père le regarda un instant et se releva, il dit à Sylvan : « Pardonnez-nous pour le malentendu, je pensais que mon fils m'avait dit toute la vérité, mais s'il est vrai que Eliam a aidé une jeune fille en détresse, alors il a bien fait. Quant à mon fils, il a tendance à penser que parce que nous sommes très aisés, il peut tout se permettre. Mais pour en arriver où j'en suis, je suis passé par la case pauvreté, sache-le Calvin. Puisqu'il semble que tu fanfaronnes beaucoup, tu vas apprendre ce qu'était ma condition quand j'ai débuté. »

Calvin : Attends, tu veux dire quoi par-là ?

Son père se nommait Matt et il rétorqua : « Je vais te couper les vivres et tu vas devoir travailler pour te faire de l'argent de poche, peut-être qu'alors tu réaliseras que tout ne t'es pas dû. »

Sylvan n'en revenait pas de la tournure des choses, Matt lui dit : « Quant à vous, bloquez toutes ses cartes de crédit, ses deux chéquiers et je vous donnerais tous les détails à l'agence un peu plus tard. »

Sylvan : Bien entendu Matt, je fais cela de ce pas. Encore une fois désolé pour le comportement de mon fils. Il ne sait pas tenir sa langue.

Matt : Je préfère que l'on me dise les choses clairement plutôt que l'on me mente. Si cette jeune fille était vraiment en danger, j'aurai été fier d'apprendre que mon fils l'avait secouru. Mais c'est le vôtre qui l'a aidé, vous devez être fier de lui. Je le serais à votre place.

Sylvan hocha la tête. Il se demandait intérieurement si ce dernier n'était pas drogué ou quelque chose de similaire. Comment cela se faisait-il qu'il parlait ainsi ?

Matt et son fils le laissèrent songeur.

6

Ils montèrent dans la voiture qui les attendaient et Calvin lui dit : « Attends, tu plaisantais là-bas ? »

Matt : Pas du tout. Je suis horrifié de la personne que tu deviens. Je suis riche maintenant mais je n'ai pas oublié par quoi je suis passé pour en arriver là. Toi, tu n'as connu que le luxe dans lequel nous vivons, il est temps que tu apprennes la vraie vie. Cela ne te fera pas de mal.

Calvin : Mais enfin papa, pourquoi ? Pour cette fille ? Tu sais, il y a pleins d'histoires bizarres à son sujet. Elle n'en vaut pas le coup !

Matt : Quelles sont ces histoires dont tu parles ?

Calvin : Rien d'important, c'est une pauvre fille grosse et qui porte toujours les mêmes vêtements, elle n'a pas d'amis à part Eliam maintenant et ses parents sont pauvres.

Matt : J'ai bien envie de la rencontrer cette pauvre fille grosse. Où puis-je la voir ?

Calvin se décomposa en entendant ces mots-là. Il bégaya.

Matt : Quoi encore ?

Calvin : C'est qu'en fait, elle s'est jetée sous mon poing qui devait atterrir sur Eliam. Je ne voulais pas la frapper. Elle est ensuite tombée par terre et lorsque les professeurs sont venus pour la secourir et nous arrêter Eliam et moi, ils ont remarqué des traces de coups antérieurs sur tout son corps. Elle a été emmenée à l'hôpital où la police se trouve maintenant.

Matt : Et je n'étais pas au courant de cette histoire ? C'est la première chose que tu aurais dû me dire. Bien entendu, tu craignais de me l'avouer, mais tu seras puni. Tu ne t'ai pas dit que si elle a défendu Eliam c'est parce qu'il était peut-être son seul ami. Et parce qu'elle a sans doute bon cœur. Je dois la rencontrer urgemment.

Calvin : Pourquoi ?

Matt : Je veux l'aider.

Calvin : On ne lui doit rien, papa. Laissons-là régler ses problèmes seule.

Matt : Non, je suis un avocat en droit des familles prestigieux et renommé. J'ai beaucoup d'autres spécialités, je peux l'aider.

Calvin : Mais elle n'aura pas les moyens de te payer !

Matt : Je n'ai pas besoin qu'elle me paie. Nous sommes assez riches comme ça.

Calvin : Je ne comprends pas pourquoi tu veux autant l'aider, tu ne la connais même pas !

Matt : Parce que je suis passé par là moi aussi. Tu ne connais de moi que ce que j'ai bien voulu te raconter, mais il y a une grande part que je ne t'avais jamais dévoilé.

Calvin : Je ne comprends pas. De quoi parles-tu ?

Matt : Pas maintenant Calvin. Pour l'heure, retourne au collège et nous nous reverrons ce soir.

Calvin prit son sac et sortit sans dire un mot, rejoindre ses camarades.

7

Matt attendit un peu qu'il rentre dans l'enceinte du collège et y pénétra également. Il se dirigea d'un pas sûr vers le bureau du proviseur et frappa à la porte. Lorsqu'il entendit : « Entrez ! », il entra. Il s'assit en face de ce dernier et attendit. Ce dernier était au téléphone et s'animait.

Au bout d'un moment, il raccrocha et s'assit, bu un peu d'eau et dit au père de Calvin : « Bonjour, que puis-je pour vous ? »

Matt : Je suis venu prendre des nouvelles de la jeune fille qui a reçu le poing de mon fils et qui a été transporté par les pompiers à l'hôpital. »

Le proviseur se nommait Monsieur Dandit. Il le regarda étonné et finit par lui dire : « Je n'ai pas vraiment de nouvelles. »

Matt : Pas vraiment ? Qu'est-ce que cela signifie ?

Monsieur Dandit : Eh bien, je n'ai eu des nouvelles que par le biais de la police et eux sont des tombes.

Matt : Quelle est cette histoire exactement ?

Monsieur Dandit : Lorsque les professeurs ont trouvé Sheli par terre, ils ont voulu voir où elle avait été cogner et ils ont découvert des hématomes gigantesques sur tout son corps. Et lorsque les pompiers sont arrivés, ils ont fait le même constat. Enfin moi je n'étais pas présent, mais grosso modo, c'est ce qu'il s'est passé.

Matt : Je vois. À qui pensez-vous lorsque vous parler des coups ? Qui sont ses parents ?

Monsieur Dandit : Sa mère a épousé un homme qui n'est pas le père biologique de Sheli. Il s'en occupe depuis la naissance, mais il la maltraite. Toutes les écoles où elle a été le savaient mais ont tu l'affaire de peur des représailles.

Matt : Quelles représailles ?

Monsieur Dandit : Cet homme est très dangereux. Voulez-vous que je vous montre le dossier scolaire de Sheli ?

Matt : Si cela est possible, oui je le souhaite.

Monsieur Dandit chercha dans ses piles de dossiers et le retrouva, il le lui tendit.

Matt le prit et l'ouvrit, ce qu'il y lut, le laissa bouche bée. Sheli vivait avec un monstre, toxique et manipulateur qui avait déjà été signalé par elle-même plus jeune mais qui finalement avait pu revenir au domicile sans contrainte juste parce qu'il avait de l'emprise sur la mère et qu'il était un manipulateur, menteur et qu'il pratiquait la magie de son pays d'origine. Cela faisait peur à beaucoup de monde, tous se disant très cartésiens mais ce type avait toujours réussi à s'en sortir, revenant à la charge et se vengeant chaque jour davantage sur sa belle-fille. Le dossier regorgeait de photos et preuves contre ledit beau-père mais il demeurait libre. C'était fou cette histoire. Il était même indiqué que les dires de la jeune fille étaient des faux témoignages contre son beau-père et bien entendu cela lui avait porté préjudice pour le restant de sa scolarité, aggravant encore sa situation.

Il referma le dossier énorme et le posa sur le bureau. Il fixa le proviseur qui était tout pâle et finit par lui dire :

« Bon, je vous emprunte ce dossier, je vais l'examiner plus en détails, vous n'y voyez pas d'inconvénients ? »

Monsieur Dandit : Non pas du tout. N'oubliez juste pas de me le ramener avant la fin de l'année, histoire que cela ne se perde pas.

Matt : Cela va de soi. Au fait, je voudrais que mon fils Calvin n'est plus de traitement de faveur de la part de l'équipe pédagogique. Cela ne lui rends pas service du tout. Et réintégrez Eliam qui a voulu sauver cette jeune fille d'une agression devant le collège par des étrangers. Ce n'est pas normal du tout qu'il soit exclu alors qu'il a été courageux et engagé. Je compte sur vous.

Monsieur Dandit : Ce sera fait, Monsieur Callum. Avez-vous besoin d'autre chose ?

Matt : Non, pas pour le moment. À bientôt.

Il se leva et ouvrit la porte, ils se serrèrent la main et il retourna à sa voiture. Il dit au chauffeur : « Bien, maintenant conduisez-moi à l'hôpital, j'ai une cliente à aller voir. »

En l'espace de quelques minutes, il put descendre et rejoindre le hall d'accueil de l'hôpital. Il demanda la chambre de Sheli Galia et on la lui indiqua sans difficulté.

Il retrouva, comme le lui avait expliqué le proviseur, deux policiers et leur dit : « Je viens voir ma cliente. »

L'un d'eux dit : « Vous pouvez y aller, elle est réveillée. »

Matt hocha la tête et entra doucement. Il s'assit près d'elle. Il remarqua instantanément que ses bras étaient marqués par des traces de coups anciens et son visage était tuméfié également. Elle était habituée des coups. Son regard semblait vide, elle ne tiendrait pas longtemps à ce rythme-là. Il était temps qu'il intervienne !

Elle semblait déconnectée de la réalité, perdue dans de lointaines pensées. Il lui dit de sa voix la plus douce possible : « Sheli, je suis Maitre Callum, mais tu peux m'appeler Matt, si tu préfères. Je suis ici pour t'aider, je voudrais te représenter dans cette affaire et je dois également te dire que tu ne risques rien, tu n'auras pas de représailles. »

Sheli tourna sa tête dans sa direction et se mit à pleurer immédiatement, il crut que c'était à cause de ce qu'il venait de dire mais il ressentit une énergie très négative, il se retourna et se trouva nez à nez avec Assem. Celui-ci lui dit : « Qui êtes-vous ? »

Matt : Bonjour, je suis Maitre Callum et je représente votre belle-fille.

Assem : Elle n'a pas besoin d'avocat, nous n'avons pas les moyens de vous régler.

Matt : Je n'ai pas besoin d'être payé. Je le fais gratuitement. Je prends au cours de l'année, entre dix et quinze dossiers à mes frais.

Assem : Nous ne sommes pas des pauvres gens.

Matt : Tant mieux pour vous, mais si vous voulez bien, j'aimerais m'entretenir avec ma cliente maintenant.

Assem : Non, je ne suis pas d'accord.

Matt : Soit vous coopérer, soit je demanderais aux deux policiers devant d'intervenir.

Assem fulmina et partit. Il jeta un regard noir à Sheli et disparut.

Matt se rassit et lui dit : « Sheli ne crains rien, il est partit. Je vais bien m'occuper de toi, tu pourrais être ma fille. Je ne te laisserais pas dans cette situation davantage. Nous allons prouver qu'il te violente depuis petite et nous l'éloignerons de ta vie pour toujours. »

Sheli : C'est impossible, j'ai déjà essayé deux fois avant, cela n'a jamais marché. Il s'accroche comme une sangsue.

Matt : Il lâchera, il n'aura pas le choix. J'ai parcouru ton dossier scolaire et ce que j'y ai trouvé m'a révolté. Ce n'est pas parce que jusque-là, personne n'a rien fait que cela va forcément continuer ainsi. Dis-moi, tu aimes bien Eliam ?

Sheli hocha la tête. Matt poursuivit : « Connais-tu Calvin ? »

Sheli hocha à nouveau la tête. Matt ajouta : « Et comment est-il avec toi ? »

Sheli : Il est méchant, il se moque de moi, il dit que je suis une grosse vache, une grosse baleine, il m'insulte régulièrement avec ses amis, il incite les autres à faire comme lui. Je ne l'aime pas du tout, il est con. Pourquoi ?

Matt : C'est mon fils.

Sheli se mordit les lèvres, elle regrettait ses paroles.

Matt s'en rendit compte et lui dit : « Non rassure-toi, je ne te punirais pas, tu as raison Calvin est con. Je l'ai trop pourri gâté, je le regrette. Je voulais qu'il vive bien mais cela la rendu imbu de lui-même et sans fournir le moindre effort, il a changé. Je déteste ce qu'il est devenu. »

Sheli : Vous ne m'en voulez pas, c'est sûr ?

Matt : C'est sûr. Et je vais te dire quelque chose d'amusant. Tu es la deuxième de la journée à me dire cela. Eliam me l'a dit avant toi ce matin.

Sheli : Vous l'avez vu ?

Matt : Oui, mais c'était avant que je connaisse toute la vérité sur ton histoire.

Sheli ne répondit rien. Il ajouta : « Où puis-je rencontrer ta mère ? »

Sheli : Elle est au travail.

Matt : Que fait-elle comme travail ?

Sheli : Elle travaille à la bibliothèque universitaire.

Matt : C'est bien. Je vais m'y rendre. Quel est son nom ?

Sheli : Ce n'était pas inscrit dans mon dossier ?

Matt : Je n'ai pas fait attention.

Sheli : Elle s'appelle Naelie Galia mais son nom de jeune fille est Lona. Naelie Lona.

Matt manqua de s'étouffer. Il se reprit difficilement et dit : « Peux-tu répéter s'il-te-plaît ? »

Sheli : Ma mère se nomme Naelie Lona. Tout va bien ?

Matt : Oui, oui, je te remercie. Où es-tu née ?

Sheli : Je viens de la capitale.

Matt : Quel âge as ta mère ?

Sheli trouvait ses questions étranges mais elle lui répondit : « Elle a quarante-trois ans. »

Matt pâlit. Elle ajouta : « Qu'y a-t-il ? »

Matt : Tout va bien, rassure toi. Je reviendrais un peu plus tard dans la journée, je te le promets. Je vais parler avec les policiers devant et leur demander de ne plus laisser entrer ton beau-père, tant que l'affaire est en cours.

Sheli : Merci.

Matt : Au fait, as-tu un téléphone ?

Sheli : Non, il me l'avait pris indiquant que je n'en avais pas l'utilité.

Matt : Bon, eh bien cela va changer. Je te ramènerais un téléphone tout à l'heure, d'accord ?

Sheli : Merci maitre, que Dieu vous bénisse !

Matt fut touché par ses mots, il lui prit la main et la serra longuement quelques minutes. Il lui dit : « Tiens, regarde qui voilà. Eliam est venu, je vous retrouverais dans quelques heures. »

Eliam : Merci monsieur, à plus tard.

Matt leur fit un signe de main et prit le temps de discuter avec les policiers comme il l'avait expliqué un peu plus tôt.

Eliam : Que faisait le père de Calvin ici ?

Sheli : Il m'a dit qu'il était avocat et il veut me représenter dans ma situation.

Eliam : Ça pour une surprise ! Il parait qu'il a demandé au proviseur et à l'équipe enseignante de retirer toutes les faveurs à son fils. Tant pis pour lui, il n'avait qu'à pas être con.

Sheli ne put s'empêcher de rire, ce qui faisait bien longtemps, il lui dit en souriant : « Mais qu'est-ce qui te fais rire autant ? »

Sheli : J'ai dit la même chose à son sujet tout à l'heure à son père sans savoir leur lien.

Eliam : Haha, j'aurais aimé voir sa tête !

Sheli : Oui, et il m'a dit qu'il le trouvait con aussi.

Ils souriaient ensembles, c'était agréable et cela faisait bien longtemps que cela ne lui était pas arriver. Il resta près d'elle jusqu'au soir.

8

Matt arriva rapidement au travail de la mère de Sheli. Il coupa tous ses téléphones et dit au chauffeur qui se nommait Jeff : « Jeff, je vous prie de bien vouloir acheter le meilleur téléphone ainsi qu'un abonnement pour ma nouvelle cliente, ainsi si à un moment donné, elle avait besoin de me joindre, elle le pourra. »

Jeff : Bien monsieur Callum.

Matt descendit de la voiture et emprunta la direction en question. Il arriva rapidement dans l'enceinte de la bibliothèque, il se retrouva au milieu d'étudiants, cela lui rappelait beaucoup de souvenirs, c'était dingue ce retour dans le passé ! Il aperçut un homme qui portait autour du cou sa carte de bureau alors il s'en approcha et lui dit : « Bonjour monsieur, je recherche une de vos collègues. »

L'homme répondit : « Qui donc ? »

Matt : Elle s'appelle Naelie Lona.

L'homme : Je ne connais personne de ce nom.

Matt : Oui enfin, c'est son nom de jeune fille, à présent, elle se nomme Naelie Galia.

L'homme : Ah oui, je vois. Elle travaille à l'étage, je vais la prévenir, qui dois-je annoncer ?

Matt : Dites-lui simplement que je veux la rencontrer pour lui parler de l'affaire en cours.

L'homme sourcilla mais ne dit rien. Il le laissa seul quelques instants. Il revint peu de temps après accompagné de Naelie. Celle-ci peinait à croire que l'homme qu'elle avait sous les yeux était son amour de jeunesse. Elle en perdit l'équilibre. Son collègue la rattrapa et la fit asseoir. Puis les laissa seuls.

Matt s'assit en face d'elle et lui dit : « Alors Naelie, ça fait un bail ! »

Naelie le fixait les larmes aux yeux, elle finit par lui dire : « Mais comment ? »

Matt : Je suis l'avocat de Sheli. C'est ma fille, c'est ça ?

Naelie ne répondit rien. Matt poursuivit : « Je l'ai vu tout à l'heure et lorsqu'elle m'a donné ton nom, j'ai compris tout de suite. Que s'est-il passé ? »

Naelie : Tu te rappelles quand tu m'as annoncé que tu étais reçu dans une prestigieuse université à l'étranger ?

Matt hocha la tête, elle poursuivit : « Eh bien moi j'allais t'annoncer que j'attendais notre enfant, mais vu ta nouvelle, j'ai préféré garder ce fait-là pour moi, pour ne pas t'empêcher de vivre ton rêve. »

Matt : Oh Naelie, je ne sais pas quoi dire. Et comment, t'es-tu retrouvée avec cet homme ? Ce monstre ?

Naelie : Il n'est pas à ce point un monstre, tu sais. Enfin, il est difficile c'est vrai mais il a eu une enfance malheureuse dans son pays et il est issu d'une famille très pauvre, il a été éduqué à la dure. Il m'a rencontré par l'intermédiaire de Jessica, tu t'en rappelle ? Eh bien, il m'a pris sous sa coupe et m'a aidé au début, puis il m'a dit qu'il était prêt à reconnaitre le bébé que j'attendais. J'ai accepté faute de mieux. Toi, tu étais déjà parti et tu ne me donnais plus de nouvelles.

Matt se tenait la tête dans les mains, il lui dit : « Tu l'aimes ? »

Naelie : Non, mais cela fait longtemps que je suis avec lui.

Matt : Mais si tu ne l'aimes pas, pourquoi restes-tu avec lui ? Alors qu'il maltraite notre fille ?

Naelie : C'est ma fille Matt ! Pas la tienne. Toi, tu reviens après des années de silence et tu me sors ça comme ça ? Ça va pas ou quoi ?

Matt : Mais enfin ! Je suis son avocat aujourd'hui et pour toute la durée de cette affaire, je vais l'aider à se libérer de son emprise malsaine, es-tu au courant qu'elle a subie des violences sexuelles, physiques et psychiques depuis qu'elle est toute petite ?

Naelie : Je ne te crois pas.

Matt : C'est inscrit dans son dossier scolaire que le proviseur a bien eu la gentillesse de me laisser pour cette affaire.

Naelie : C'est impossible. Montre-moi ça.

Matt : Je ne peux pas, c'est une pièce à conviction indispensable. Mais les paroles de Sheli sont aussi importantes et il me semble même que ce n'est pas la première fois qu'elle tente de l'arrêter mais que les dernières fois, elle a dû démentir pour qu'il ne la tue pas.

Naelie : Je ne vois pas de quoi tu parles, si c'est tout ce que tu as à me dire, tu peux y aller, mon temps est compté, je ne peux pas continuer la discussion maintenant. On pourra se revoir à la sortie du boulot si tu veux, vers 19h.

Matt : D'accord, mais sache que tu as changé. Avant, tu n'aurais laissé personne te marcher dessus comme ça, avant tu étais une lionne. Aujourd'hui, je ne te reconnais plus.

Naelie : Oui, tu m'as laissé tomber, alors ne viens pas me parler de changement. Plus aucune nouvelle, plus rien pendant des années.

Matt : C'est vrai mais le rythme était intensif, je n'ai pas cessé de penser à toi.

Naelie : Tu veux dire que tu ne t'es pas marié ?

Matt : Si, un peu plus tard avec une fille de là-bas mais je ne t'ai jamais oublié.

Naelie se leva et lui dit : « Je n'ai pas le temps, je retourne travailler. »

Matt se leva et sortit. Cette rencontre ne s'était pas passé comme il l'espérait. Certes, il n'avait plus donner de nouvelles mais le milieu dans lequel il évoluait ne le lui permettait pas non plus. Il ne servait à rien de revenir sur le passé, ce qui avait été fait ne pouvait être changer, par contre, il avait la mainmise sur le présent et il apprenait que Sheli était sa fille biologique. Il en était soulagé car il pourrait plus facilement se montrer tendre et avenant avec elle. Il retrouva Jeff qui lui dit : « Votre rencontre s'est bien passé monsieur ? »

Matt : Pas autant que je l'espérais mais c'est aussi de ma faute.

Jeff : J'ai fait ce que vous m'aviez demandé monsieur.

Matt : Montrez-moi ça.

Jeff lui tendit le paquet, il l'ouvrit et découvrit un très beau téléphone, il inséra la carte Sim, l'activa et paramétra le téléphone, il semblait satisfait. Il dit à Jeff : « C'est très bien, il est fonctionnel et a toutes les options que j'espérais. Je pense que Sheli sera contente. Qu'en pensez-vous ? »

Jeff : Oui vous avez raison, puis-je vous demander quelque chose de personnel monsieur ?

Matt : Bien sûr.

Jeff : Qui est cette jeune fille pour vous, monsieur ?

Matt : C'est ma fille Jeff, je viens de l'apprendre. Et je la représente depuis ce matin mais à ce moment-là, je ne le savais pas encore.

Jeff : Félicitations monsieur, mais j'y pense, pensez-vous qu'il serait préférable que votre fils Calvin ne soit pas au courant ? Je doute qu'il apprécie beaucoup cette nouvelle !

Matt : Êtes-vous au courant de quelque chose Jeff ?

Jeff : Oui monsieur, à plusieurs reprises votre fils m'a demandé de venir le chercher pour inviter ses amis à trinquer dans la voiture, je tentais bien de l'en dissuader mais il ne m'écoutait pas. Il me répondait que je n'étais que le chauffeur de son père et que je n'avais pas d'avis à émettre. Puis, je l'entendais régulièrement parler de votre fille et se moquer d'elle. Il a été à l'origine de plusieurs attaques contre elle durant l'année et même des précédentes.

Matt : Je suis outré par ces révélations Jeff. Mon fils a vraiment pris du côté de sa mère pour cela. Je ne suis pas du tout content. Pourquoi ne me l'avez-vous pas dit avant ?

Jeff : C'est que monsieur, il me menaçait de m'accuser de vol. Je craignais que monsieur ne le croit sur parole.

Matt : Je comprends, je le croyais sur parole jusqu'à maintenant, parce que je ne me doutais pas du petit con qu'il était.

Jeff : Monsieur a dit un gros mot concernant son fils.

Matt : Oui, c'est vrai mais en même temps, vous le pensez aussi, non ?

Jeff : Oui mais je ne me serais pas permis de le dire.

Matt : Je vous en donne le droit. Vous savez aujourd'hui deux personnes me l'ont déjà dit.

Jeff : De qui s'agit-il monsieur ?

Matt : De Eliam et Sheli, chacun à un moment donné. D'ailleurs, voulez-vous bien me ramener à l'hôpital, je vais lui rapporter son cadeau. Accompagnez-moi afin de faire sa connaissance.

Jeff : Et la voiture ?

Matt : Garez là et rejoignez-moi.

Jeff : Très bien monsieur.

Ils arrivèrent en peu de temps à destination. Ils se garèrent et Jeff accompagna pour la première fois son patron. Ils allèrent rapidement devant la chambre de celle-ci mais ils ne la trouvèrent pas. Il n'y avait plus de policiers, ils retrouvèrent uniquement Eliam ligoté et bâillonné. Jeff se précipita vers ce dernier pour le détacher, une fois libérer, Matt lui dit : « Mais que s'est-il passé ici ? »

Eliam : Il est revenu. Il a attaqué les policiers avec des couteaux, un dans chaque main. Puis, j'ai voulu la protéger mais il m'a jeté contre le sol et m'a ligoté. Il a kidnappé Sheli et lui a donné un gros coup de pieds, il l'a touché sur tout le corps, elle pleurait et m'a appelait longtemps jusqu'à ce que je ne l'entende plus. Les policiers ont été retrouvé et ont été pris en charge. Personne ne m'a vu car j'étais dans un coin reculé de la chambre. Heureusement que vous êtes arrivés, sinon j'y serais encore.

Matt ralluma ses téléphones et contacta la police, il les prévint de l'enlèvement. Il ne s'agissait plus que de sa cliente mais de sa fille, il s'assit sur la chaise et se mit à pleurer. Jeff s'approcha et lui dit : « Ils vont la retrouver monsieur, il faut garder espoir ! »

Eliam : Je ne comprends pas, qui êtes-vous pour elle ?

Matt releva la tête d'un air grave et lui dit : « C'est ma fille, je suis son vrai père, je l'ai appris tout à l'heure de la bouche de sa mère. Elle n'est pas seulement ma cliente mais surtout elle est ma fille. Mon sang. Et de m'imaginer ce que ce malade psychopathe lui fait subir me hante à présent constamment. »

Eliam : Mais quelle histoire ! Et Calvin est donc son demi-frère !

Matt : Il n'est pas question qu'il soit au courant pour l'instant, je compte sur toi pour ta discrétion, d'accord ?

Eliam : Oui, bien sûr. Puis-je vous demander de me donner votre numéro afin de me prévenir si vous avez du nouveau. Je vais devoir rentrer chez moi. Déjà que mon père m'a ordonné de ne plus voir Sheli, parce que je cite : ce n'est pas une fille de bonne famille comme Calvin, elle est issu d'un milieu social dédaigneux et elle n'apporte que des problèmes. J'ai refusé de l'écouter.

Matt : Il a dit ça à son sujet ?

Eliam : Oui monsieur.

Matt : Très bien. Je règlerais mes comptes avec lui plus tard.

Eliam : Va-t-il avoir des problèmes ?

Matt : Nous verrons. Pour l'heure, j'ai d'autres choses à penser plus urgentes, rentre chez toi. Il lui tendit sa carte de visite sur laquelle se trouvait noter son numéro personnel afin qu'il lui écrive si besoin était.

Eliam le remercia et rentra chez lui, très inquiet.

9

Assem apparaissait sur tous les écrans de télévision et sur toutes les pancartes dans les rues. Il était indiqué qu'il avait kidnappé sa belle-fille et l'on pouvait voir sa tête sur tous les médias. Eliam qui ne regardait jamais la télévision et qui se reposait après cette journée mouvementée, entendit son père l'appelait. Il n'avait aucune envie de le revoir, il descendit quand même et lui dit : « Pourquoi tu m'appelles autant ? »

Puis, il entendit la voix parlait dans l'écran en face de lui et le visage de Sheli apparaitre, l'air affolé. Son cœur se serra. Il entendit son père lui dire : « Tu vois, je te disais bien qu'elle n'était pas fréquentable ! »

Eliam lui hurla dessus : « Tais-toi ! Tu ne la connais pas, tu regretteras tes paroles à son sujet, mais ce sera trop tard ! »

Sylvan : Que veux-tu dire ?

Eliam : Rien laisse-tomber, je remonte. Demain, je retourne en cours.

Sylvan : Je croyais que tu avais été exclu trois jours ?

Eliam : Oui mais le père de Calvin a demandé au proviseur de me réintégrer car il a dit que mon renvoi n'était pas justifié.

Sylvan : Je me demande bien pourquoi il prend la défense de cette fille, elle n'est pas intéressante.

Eliam le laissa parler seul, il ne supportait pas ses propos. Il alla dans la cuisine, discuta rapidement avec sa mère qui préparait le diner, puis remonta dans sa chambre.

Il vérifia ses devoirs, il les fit et s'allongea.

Pendant ce temps-là, Sheli se trouvait dans le coffre de la voiture d'Assem et celui-ci l'avait tripoté avant de l'y mettre, elle pleurait et avait mal partout. La voiture roulait vite et freina d'un coup, les pneus crissèrent forts. Elle n'entendit plus de bruit pendant un moment puis le coffre se rouvrit sur la tête maléfique de son beau-père qui la souleva comme une poupée de chiffon et qui lui dit : « Tu m'as obligé à en arriver là ! Pourquoi ? Pourquoi tu as parlé ? »

Sheli : Je n'ai rien dit, je le jure.

Assem : Tu mens, tu n'es qu'une merde, tu as déjà essayé avant de me faire enfermer, cette fois-ci c'est celle de trop !

Sheli pleurait à flot. Elle vivait un cauchemar. Elle regarda autour d'elle et vit qu'ils étaient sur un petit chemin en dehors de la route principale. Il l'assomma et la remis dans le coffre de la voiture. Il aspergea celle-ci de carburant et voulut y mettre le feu. Mais, alors qu'il était en pleine action, un homme l'interpella. Il l'avait suivi parce qu'il avait reconnu sa description à la radio et pour en avoir le cœur net, il lui dit : « Je sais qui vous êtes, vous avez enlevé votre belle-fille et vous voulez la brûlez vive mais je ne vous laisserez pas faire ! »

Assem : Tu perds la tête toi ma parole !

L'homme avait un téléphone qui enregistrait sa localisation et la police au bout du fil, ils reconnurent la voix d'Assem. Ces derniers prévinrent Matt qui se trouvait chez lui, à son bureau. Il passa voir Jeff qui regardait consterné les informations chez lui et il lui dit : « Vite, venez, ils ont retrouvé sa trace. »

Alors qu'ils allaient quitté leur domicile, sa femme Kassy lui dit : « Eh Matt, où vas-tu à une heure pareille ? »

Matt : J'ai un dossier à terminer en urgence, on se retrouve plus tard. Ne m'attendez pas pour diner. Bonne soirée !

Ils filèrent avant qu'elle est pu répondre quoi que ce soit. Ils montèrent en voiture et s'éloignèrent aussi vite que possible. Jeff lui dit : « Comment va faire monsieur avec son épouse ? »

Matt : Je ne sais pas, il faudra que je la prévienne mais pour l'instant, c'est le cadet de mes soucis. Déjà retrouvons Sheli, ensuite on verra. Cela dit, j'y ai beaucoup réfléchi, j'ai une faveur à vous demander Jeff.

Jeff : De quoi s'agit-il monsieur ?

Matt : Accepteriez-vous de recueillir Sheli le temps de régler cette affaire ? Je n'ai plus confiance en l'hôpital, ils se sont fait avoir comme des débutants, les policiers également. Ce n'est pas très encourageants.

Jeff : Oui bien sûr monsieur, je la prendrais chez moi avec plaisir. Je pense qu'avec le parcours de vie qu'elle a eu jusque-là, et sans doute les traumatismes qu'elle a dû subir encore ce soir, elle aura besoin d'être dans un environnement sain et aimant. Je m'en occuperais autant que possible.

Matt : Je savais que vous accepteriez. Nous expliquerons plus tard à Kassy et Calvin les raisons de sa présence chez vous.

Jeff : Très bien monsieur. Nous sommes arrivés.

Matt : Garez-vous et rejoignez-moi !

Jeff s'exécuta sur le champs. Ils dévalèrent le petit chemin où se trouvaient déjà l'homme qui avait surpris Assem et ils entendirent les sirènes de la police qui était en train d'arriver.

Matt dit à l'homme : « C'est vous le conducteur qui a prévenu la police ? »

L'homme : Oui monsieur, j'ai reconnu sa description et je l'ai suivi. Je n'ai pas vu de jeune fille mais je pense qu'elle doit être dans le coffre, quand je suis arrivé il était en train de jeter du carburant dessus pour brûler la voiture et la fille. Je suis sûr qu'elle est dedans !

Jeff s'approcha de Matt et lui dit : « Voulez-vous que j'intervienne ? »

Matt : La police arrive, évitons qu'il vous esquinte.

Jeff se tenait prêt pour le cas où. Cinq voitures de police arrivèrent et encerclèrent Assem, celui-ci tenait un briquet allumé et leur lança : « Vous arrivez trop tard, je vais mettre le feu partout. »

Les policiers attendaient le feu vert pour abattre Assem, au moindre geste, cela serait terminé. Matt lui dit : « Pourquoi ? Pourquoi l'avoir kidnappé ? »

Assem : Espèce de chien, tu es venu pour me l'enlever. Elle est à moi, tu n'avais pas le droit.

Et il fit un pas en arrière, jeta le briquet allumé à l'arrière de la voiture qui mit quelques minutes pour exploser. Les policiers tirèrent sur Assem qui mourut sur le champs. Juste avant que la voiture n'explose, Matt fonça vers cette dernière et Jeff ramena un pied de biche pour ouvrir en urgence le coffre, ils retrouvèrent Sheli inconsciente, elle avait été violée une fois de trop, elle baignait dans une mare de sang et elle ne respirait plus. Ils l'éloignèrent et la voiture explosa. C'était incompréhensible que cela n'éclate pas avant, c'était pour Matt et Jeff le signe que Sheli devait survivre.

Jeff connaissait les gestes de secours, il les lui attribua et la ramena parmi eux. Lorsqu'elle ouvrit les yeux, elle semblait apeurée. Matt se pencha vers elle et lui dit : « Je suis tellement soulagé de t'avoir enfin retrouvé ma fille chérie, c'est vrai que je ne te connais que depuis peu mais enfin, je vais avoir l'occasion de me rattraper ! »

Sheli : Vous êtes mon vrai père ?

Matt : Oui Sheli, je le suis. Ne t'en fais pas, Assem est mort, il a été abattu par la police, il a voulu mettre le feu et te brûler vive dans le coffre de la voiture mais cet homme que tu vois là-bas, l'a reconnu et a contacté les autorités compétentes qui m'ont également mis au courant et c'est ce qui m'a permis de te rejoindre juste à temps. À côté de moi, se trouve Jeff mon chauffeur chez qui tu vas rester quelques temps pour plus de sécurité, d'accord ?

Sheli : Mais où vivez-vous ?

Jeff : Je vis dans un appartement au rez-de-chaussée du domaine de Monsieur Callum, votre père. Je vais bien m'occuper de vous, Sheli. Vous ne risquerez rien, vous serez heureuse.

Sheli : Et ma mère ? Elle doit s'inquiéter ?

Matt : Ta mère je m'en occuperais. Je devais la rejoindre à 19h ce soir à la sortie de son travail mais avec ton enlèvement, je n'y suis pas allé. Elle doit être rentrer chez vous, veux-tu rentrer avec Jeff ? As-tu des affaires à récupérer ?

Sheli : Oui, j'ai quelques peluches à moi auxquelles je tiens qui me protégeaient avant. C'est bête dis comme ça.

Jeff : Pas du tout, Sheli. J'ai moi aussi des peluches, c'est réconfortant, doux et chaud. Je te les montrerai si tu veux.

Sheli : Oui, je veux bien, nos peluches pourront être amis comme ça.

Jeff : C'est une excellente idée ! Peux-tu marcher ? Ou bien es-tu trop fatiguée ?

Sheli : Je ne sais pas, j'ai très mal en bas.

Matt : Tu as raison, nous allons attendre que les secours arrivent et ensuite tu rentreras avec Jeff.

Sheli hocha la tête. Les policiers s'approchèrent de cette dernière et lui dirent : « Sheli, peux-tu nous raconter ce qu'il s'est passé à l'hôpital jusqu'à maintenant ? »

Sheli semblait épuisée, Matt leur dit : « Laissez-lui le temps de se remettre un peu non ? Il est tard, elle a été violentée encore, regardez le sang qui coule entre ses jambes, ce salopard n'y est pas allé de main morte ! »

Ces derniers acceptèrent et lui répondirent : « Il faudra qu'elle nous explique dès demain. Il faut également prévenir sa mère. »

Matt : Je m'en chargerais dès ce soir.

Il s'éloigna un peu et expliqua très rapidement la situation et ce qu'il était par rapport à elle, ils lui dirent : « Vous voilà père pour la seconde fois. »

Matt : Oui. Elle vivra chez mon chauffeur et ami Jeff ci-présent. Là-bas, elle y sera en sécurité. Parce que vous connaissez la procédure, nous allons devoir enquêter sur la mère. Pourquoi n'a-t-elle pas dénoncer son époux alors qu'elle savait qu'il la battait régulièrement, qu'il l'insultait et qu'il la maltraitait. Certes, elle n'était pas au courant des sévices sexuels qu'il faisait subir à Sheli mais pour tout le reste, elle doit expliquer les raisons. Et puis, je veux ma fille près de moi, il y a trop longtemps qu'elle n'a pas eu de véritable figure paternelle, c'est la moindre des choses.

Le commandant de police acquiesça. Ils restèrent sur les lieux et rendirent leur rapport. Le conducteur s'approcha de cette dernière et lui dit : « Je suis heureux d'avoir écouté mon instinct, pour une fois qu'une histoire similaire se termine plutôt bien, ça fait plaisir d'y contribuer. Je vous souhaite tout le bonheur du monde à partir de maintenant, mademoiselle ! »

Sheli : Je vous remercie, soyez béni monsieur pour votre courage et votre pitié.

Le conducteur apposa sa main sur son cœur pour la remercier, il était touché par ses paroles. Il n'était pas le seul, Matt et Jeff étaient bouleversés. Les secours arrivèrent peu de temps après et examinèrent celle-ci. L'urgentiste était une femme qui demanda le tuteur légal, Matt s'approcha et dit : « Je suis son avocat et je suis son père biologique, je ne l'ai su que dans la journée. Dites-moi comment va-t-elle ? »

L'urgentiste dit : « Elle a été violentée, vous le savez, nous devons lui faire des analyses et examens supplémentaires, nous craignons une grossesse, nous avons retrouvés des traces de sperme. Je doute qu'elle veuille garder l'enfant, il faudra alors l'inscrire au planning familial pour entamer les démarches rapidement. Ou alors, si vous ne souhaitez pas la laisser dans cette situation qui a déjà assez duré pour elle, vous pouvez passer par nos services dès demain, nous vous dirons si c'est le cas et nous lui donnerons les médicaments le cas échéant. Elle ressentira de fortes douleurs abdominales, cela sera très pénible mais nécessaire. Si jamais, elle avait besoin de parler à quelqu'un, nous avons également un service spécifique. »

Matt la remercia et lui dit : « Nous reviendrons demain matin à la première heure pour la suite des examens. »

L'urgentiste : « Je vous donne au cas où une pilule du lendemain à lui faire prendre immédiatement. Cela peut peut-être éviter une catastrophe. »

Matt prit le comprimé et retourna près de sa fille, il lui dit : « Prends ça Sheli, c'est pour tes douleurs, demain matin, Jeff nous emmènera tôt aux urgences pour la suite des examens. »

Sheli demanda un verre d'eau, elle prit le comprimé avec. Elle semblait épuisée, elle voulut se relever mais n'y parvint pas. Elle fut prise de violentes douleurs abdominales et perdit beaucoup de sang. Grâce à Dieu, l'urgentiste était toujours là, elle la vit et l'emmena dans l'ambulance. Matt ne pouvait rien dire, il la suivit aussi vite que possible.

Sheli fut emmenée faire les examens complémentaires, prises de sang, au bout de quelques heures qui donnaient l'impression de ne jamais en finir, l'urgentiste leur dit : « Il l'a mise enceinte, mais cela ne date pas d'hier. »

Matt : De quand alors ?

L'urgentiste : Quelques semaines, mais nous pouvons passer à la suite et lui réserver un créneau pour demain matin pour une aspiration sous anesthésie générale.

Matt : Je n'en reviens pas, c'est un cauchemar !

L'urgentiste : Je comprends, c'est terrible mais vous devez rester fort pour elle. Vous n'avez pas idée de ce qu'elle a enduré toutes ces années. Ce que nous avons découvert lors des examens nous a laissé sans voix. C'était clairement un homme sadique, pervers, cruel, vicieux, obscène, tortionnaire.

Matt : Oui, en fait, il était diabolique.

L'urgentiste : Oui, c'est exactement ça. Habituellement, je ne me réjouis pas de la mort de quelqu'un, mais là c'est un soulagement qu'il ne soit plus de ce monde. Il a fait tellement de mal déjà.

Matt : Je suis horrifié. Elle va donc passé la nuit ici ?

L'urgentiste : C'est préférable mais exceptionnellement, vous allez pouvoir rester avec elle.

Après les derniers traumatismes, qu'elle reste seule n'est pas une bonne idée.

Matt : Je vous remercie madame pour votre temps et votre professionnalisme.

L'urgentiste : C'est normal, c'est mon métier. À demain !

Matt informa Jeff et celui-ci lui dit : « Rentrez monsieur, je resterai avec elle, votre épouse et votre fils vont s'inquiéter. »

Matt : Non, nous resterons tous les deux. Au fait, Jeff, le téléphone que vous avez acheté, est-il toujours dans la voiture ?

Jeff : Oui monsieur.

Matt : Très bien, allez le chercher, nous le lui donnerons lorsque nous serons près d'elle. Je le lui avais promis ce matin. Dire qu'à ce moment-là, je ne pensais pas que la journée se terminerait ici.

Jeff : Ça va aller monsieur, maintenant, elle sera plus libre.

Matt : Oui, enfin !

Jeff le laissa et alla récupérer le téléphone. Au même moment, Eliam qui somnolait se réveilla en sursaut, en effet il avait reçu un message de Matt sur lequel était écrit : *« Nous avons enfin retrouvés Sheli, elle est aux urgences et elle sera demain opérée pour avorter. Elle aura besoin de soutien, je compte sur toi pour répondre présent. Tâche de bien te reposer,*

Matt, » Eliam eut besoin de relire plusieurs fois le mot, il lui répondit qu'il serait là pour son réveil et quelques banalités de plus. Il reposa son téléphone et partit vomir son diner dans les toilettes d'à côté. Ce monstre n'avait reculé devant rien. Il attendrait difficilement le lendemain pour avoir les détails de son retour. Cette nuit-là, il ne trouva pas le sommeil.

10

Au petit matin, il se leva difficilement. Il regarda son téléphone et s'aperçut qu'il avait reçu un nouveau message de Matt. Il était écrit : « *Bonjour Eliam, l'équipe soignante emmène Sheli au bloc, ils vont l'endormir. Cela ne devrait pas durer très longtemps, cela lui fera plaisir de te voir à son réveil, passe quand tu peux, Matt.* »

Eliam partit prendre une douche rapide, s'habilla, partit prendre un truc à boire rapidement et sortit au collège en n'oubliant pas son sac. Il croisa Calvin qui était entouré de ses amis et qui disait : « Mon père a découché, je suis sûr que c'est à cause de l'autre-là. »

Eliam voulu passer incognito mais ce dernier le vit et l'arrêta net : « Hé toi ! »

Eliam poursuivit son chemin. Calvin insista : « Je te parle alors répond moi ! »

Eliam se retourna et le fixa sans dire un mot, l'air agacé. Calvin lui dit : « Tu as vu ce qu'il s'est passé pour ta petite copine hier soir aux infos ? »

Eliam sentait son sang bouillir. Calvin poursuivit : « Ouais c'est sûr tu es au courant, ça t'a fait quoi de la voir dans cet état ? Tu as vu la tête qu'elle avait ? Dégueulasse ! »

Eliam entendit son téléphone sonnait, il le prit et constata qu'il s'agissait du père de Calvin. Celui-ci voulut voir ce qui s'affichait mais Eliam le repoussa. Il finit par lui dire : « On ne t'a jamais appris le respect ou quoi ? »

Calvin : Je ne respecte que ceux qui le mérite, tu devrais le savoir.

Eliam : Ouais ben dégage de ma vue, sinon je te referais le portrait volontiers.

Calvin : Ouh j'ai peur, viens je t'attends !

Eliam respirait fort, machinalement il tourna la tête et aperçu Jeff et Matt s'approchaient. Il se retint et attendit que ce dernier fasse le premier pas. Ce qui ne tarda pas. Il ajouta : « Tu n'as rien dans le froc, tu n'es qu'un sale handicapé ! J'espère que ta copine ne reviendra jamais, personne ne la regrettera ! Qui pourrait vouloir être pote avec une meuf aussi cheum qu'elle ! »

Alors qu'il allait porter le coup sur Eliam, il sentit son coup arrêté par derrière, il s'emporta et dit : « Putain mais qui est le connard qui m'empêche de lui régler son compte ? »

Il entendit une voix grave et connue lui répondre : « Le connard va t'emmener chez monsieur le proviseur de ce pas, avant cela présente des excuses à ton ami Eliam immédiatement et retire tes paroles concernant Sheli tout de suite ! »

Calvin devint blême, la scène se passait devant le collège, tous les élèves les entouraient. Il passa un sale quart d'heure, il répondit à son père : « Mais que fais-tu là ? Tu as déserté la maison hier soir, maman s'est inquiétée, elle a tenté de te joindre. »

Matt : Je n'ai aucun compte à te rendre Calvin, n'inverse pas les rôles, c'est moi qui suis ton père. Les affaires entre ta mère et moi ne te regardent pas. De plus, je suis parti pour mon travail et il me semble bien le lui avoir dit, ce n'est pas la première fois que je m'absente de la maison pour cette raison. Si ta mère a un problème avec moi à ce sujet, elle est tout à fait capable de m'en parler elle-même. À présent, tu vas présenter des excuses à Eliam et à Sheli.

Calvin : Non, je ne le ferais pas. Tu es en train de m'humilier devant tout le monde-là !

Matt : Oui eh bien ce n'est pas grave, cela te fait passer pour une fois de l'autre côté de la barrière, ainsi peut-être sauras-tu ce que cela fait de se faire réprimander devant tous les autres. Et si j'incitais tes amis à faire comme moi ? Crois-tu que tu apprécierais ?

Calvin : Mais enfin pourquoi ? J'ai toujours été ainsi, avant cela ne te dérangeait pas.

Matt : Avant, je pensais que cela te passerait. J'ai été faible, naïf et très occupé par mon travail. Si j'avais su j'aurais serré la vis davantage. J'attends toujours les excuses. Allez !

Calvin : Non, laisse tomber, je ne les ferais pas.

Matt : Très bien, tu as fait ton choix.

Il l'attrapa par le bras et l'emmena vers le bureau du proviseur. Celui-ci discutait avec une secrétaire. Matt frappa à la porte et rentra sans attendre qu'on le lui permette. Il montra ainsi le caractère urgent de la situation. Le proviseur repoussa sa discussion avec cette dernière et leur dit : « Eh bien bonjour Monsieur Callum. Que vous arrive-t-il ? »

Matt : Je vous ramène un individu qui a manqué de respect à l'un de ses camarades, qui était prêt à lui casser la figure en le poussant à bout et qui l'insultait.

Monsieur Dandit : Vous parlez de votre fils ?

Matt : C'est exact. Il doit être puni sévèrement.

Monsieur Dandit : De quel élève s'agit-il ?

Matt : Il s'agit d'Eliam Peniel.

Monsieur Dandit : Encore lui ?

Matt : Oui, il s'est fixé comme objectifs de le harceler tout comme Sheli Galia. Selon lui, ce sont des bons à rien qui ne devraient pas vivre en paix.

Monsieur Dandit sentait une tension palpable entre le père richissime et le fils rebelle. Il s'adressa à l'élève en ces termes : « Alors qu'as-tu à dire pour ta défense Calvin ? »

Calvin : Je n'ai rien à dire.

Monsieur Dandit : Tu en es sûr ? Pourquoi embêtes-tu ces élèves ? Que t'ont-ils fait ?

Calvin : Ils sont différents. Cela me dérange.

Monsieur Dandit : Dans le monde, tu rencontreras beaucoup de différences et cela fait d'ailleurs bien souvent toute la richesse de ce monde. La différence ne devrait pas amener à de la violence mais à de la bienveillance. Tu juges un peu trop vite sur les apparences, mais sache qu'il n'y a pas que cela qui compte dans la vie.

Calvin levait les yeux au ciel. Monsieur Dandit poursuivit : « Bien, puisqu'il semble que tu ne souhaites pas modifier ton comportement et que tu ne montres aucun regret à tes actes inadmissibles, je vais te renvoyer pendant deux semaines et te réclamer qu'à ton retour, tu me rendes une rédaction sur le thème de la différence, pourquoi est-elle un bénéfice pour l'humanité, en quoi peut-elle être utile et comment se comporter avec les personnes dites « différentes ». Si jamais tu ne rendais pas ton devoir, tu aurais un zéro de moyenne générale pour l'année scolaire en français et tu n'aurais plus accès aux activités sportives du collège jusqu'à nouvel ordre. »

Calvin : C'est injuste !

Il se tourna vers son père et lui dit : « Tu es content maintenant ? C'est ce que tu voulais n'est-ce pas ? M'humilier et me priver d'éducation ? »

Matt : Ne me parle pas sur ce ton !

Calvin sortit exaspéré en emportant son sac, il croisa Eliam dans un coin sur son téléphone et lui lança un regard noir. Il sortit de l'enceinte du collège et partit sans se retourner.

Jeff s'approcha d'Eliam et lui dit : « Il a dû être renvoyer, il est vraiment très con ce garçon. Surtout ne le dites pas à Monsieur, il est mon patron et est très généreux avec moi. »

Eliam : Bien sûr je ne le lui répèterais pas. Soyez confiant.

Jeff soupira. Matt revint et dit à ce dernier : « Jeff, retournons aux urgences, Eliam, je suis désolé pour le comportement de mon fils, je ne pensais pas qu'il était à ce point odieux et vulgaire. »

Eliam : Merci monsieur. Je passerai après les cours.

Matt hocha la tête, Jeff le salua et ils retournèrent rapidement auprès de Sheli qui devait se trouver en salle de réveil.

11

Naelie reçut un message privé, elle avait passé une nuit hachée. Elle avait appris par la télévision que Assem avait été abattue par la police alors qu'il avait intenté à la vie de sa seule fille. Elle ouvrit le message et lut : *« J'ai obtenu ton numéro par mes contacts, rejoins-moi aux urgences, tu pourras voir Sheli qui est sorti du bloc. Elle sera contente de te retrouver. Nous discuterons de la suite de la procédure ensuite. À très vite, Matt. »*

Naelie appela son travail et leur dit qu'après les évènements de la veille, elle aurait besoin de prendre un ou deux jours de congés, ils acceptèrent. Elle se prépara rapidement et partit retrouver Matt à l'endroit indiqué. Elle le trouva facilement, il était accompagné de Jeff qui discutait tranquillement avec Sheli qui venait de revenir à elle.

Matt la vit et la devança. Il lui dit : « Ça va toi ? Tu as l'air épuisée, tu n'as pas dormi ? »

Naelie : Comment l'aurais-je pu après tout ce qui s'est passé ! Où est-elle ? Qu'avait-elle ?

Matt lui raconta alors tout ce qui s'était passé et dit avec l'urgentiste. Naelie fut prise de vertige et se laissa tomber contre le mur, en pleurant. Elle n'avait rien vu, elle ne s'était pas rendu compte de ce que ce monstre avait fait subir à sa fille. Comment était-ce possible ?

Elle, qui la veille, n'avait pas pris au sérieux les accusations de Matt au sujet de ce dernier, se trouvait au plus mal maintenant. Il l'aida à se relever et lui dit : « Tu me crois à présent ? Je t'avais dit qu'il l'avait fait, tu n'avais pas voulu me croire. Je ne mentais pas ! »

Naelie se redressa et lui dit : « Pourquoi ne m'as-tu pas appelé hier soir pour m'informer ? »

Matt : Hier soir, tout s'est accéléré, je n'ai même pas eu le temps d'expliquer les raisons qui m'ont fait découcher de mon domicile. Ma femme attend encore mon retour. Et je ne sais même pas quand j'y retournerais.

Naelie : Pourquoi ? Je suis là maintenant, elle n'est plus seule.

Matt prit un ton plus grave et lui dit : « Navré Naelie mais la procédure continue, Assem est décédé c'est vrai et c'est un soulagement pour tout le monde, surtout pour Sheli mais l'enquête va se tourner sur toi maintenant. »

Naelie semblait choquée, elle rétorqua : « Comment ça ? Que veux-tu dire par là ? »

Matt : Que la police va t'interroger pour déterminer si oui ou non tu étais au courant de ces faits-là et pourquoi tu n'as pas pris en compte les déclarations de Sheli les fois précédentes.

Naelie : Après toutes ces années, tu vas me l'enlever alors que tu ne donnais plus aucune nouvelles ? Je ne me laisserais pas faire, je vais moi aussi prendre un avocat.

Matt : Tu n'en trouveras pas d'aussi bon que moi. Mais si tu veux, fais-le. Et concernant mon silence, je le regrette mais tu n'as aucune idée de ce que j'ai dû faire comme sacrifices pour me faire un nom là-bas.

Naelie : Oh et puis quoi encore ? Tu penses que je vais te plaindre alors que tu m'as abandonné ? Tu ne me prendras pas ma fille, tu entends ?

Matt : Calme-toi, je ne t'ai pas dit que je te la prendrais, c'est toi qui te mets des idées en tête, mais c'est la procédure, c'est comme ça. Ce n'est pas moi qui fait les lois. En attendant, Sheli restera chez Jeff mon ami et chauffeur.

Naelie : Où est-elle ? Est-elle au courant de cela ?

Matt : Bien sûr. Elle est d'accord.

Naelie : Je vais le lui demander.

Matt : Je t'accompagne.

Naelie s'élança vers le couloir qui menait à la chambre de cette dernière, elle y retrouva Jeff qui discutait avec Sheli.

Dès qu'elle vit sa mère, elle lui dit : « Tu es venue me voir ? Tu n'es pas au travail ? »

Naelie : Eh non, tu vois ! Alors comment vas-tu ma chérie ?

Sheli : Bof. On ne m'a pas vraiment dit ce qui s'est passé mais je l'ai deviné seule.

Naelie : Quoi donc ?

Sheli : J'étais enceinte d'Assem.

Naelie : Comment le savais-tu ?

Sheli : J'avais des nausées ces derniers temps.

Naelie : Pourquoi ne m'en as-tu pas parlé ? J'aurais fait quelque chose.

Sheli : Non, parce que j'ai déjà tenté de t'en parler, pas des viols mais du reste et tu prenais toujours sa défense, laissant entendre qu'il était malade, etc. Ça c'était déjà de la violence et tu ne m'as pas défendu.

Naelie explosa : « Je ne t'ai pas défendu ? Tu plaisantes là ? Et les crises où je me tapais la tête contre les murs pour éviter qu'il ne t'approche et te tue, c'était quoi alors ? »

Sheli : C'était traumatisant maman. Il n'y avait que de la violence à la maison, j'avais toujours peur.

Naelie : Eh bien, sois rassurée il est mort maintenant.

Sheli : Oui enfin. J'ai attendu ce jour avec impatience, je ne réalise pas que c'est fini.

Naelie : Tu rentreras avec moi quand tu seras en état, nous nous ferons un bon repas !

Sheli : Je rentre avec Jeff, il m'a promis qu'on ferait jouer nos peluches. Mais peut-être que tu peux venir avec nous quelques heures.

Naelie : Tu m'abandonnes ?

Sheli : Non. Mais on m'a expliqué que c'était la procédure, le temps que l'affaire se tasse. Ne t'inquiète pas, je dirais à la police que tu n'étais pas au courant qu'il me touchait et tout ça.

Naelie : Et pour le reste ?

Sheli : Pour le reste, tu l'as dit toi-même, tu te fracassais la tête contre les murs pour éviter qu'il me tue. C'était super violent. Parfois, tu te cognais si fort, que du sang coulait de ta tête. Lui, m'insultait sans arrêt, à toi aussi mais cela ne l'empêchait de revenir à la charge et de me faire du mal en douce.

Naelie : Comme tu le dis, c'était en douce, donc je ne pouvais pas le savoir.

Sheli : Tu ne pouvais pas, mais pour tout le reste maman, tu le savais et tu n'as jamais pensé que c'était de la violence à mon encontre. Pour cela, vois-tu je ne sais pas si je pourrais te pardonner.

Naelie : Très bien, donc je suis sur le banc des accusés on dirait. Nous ne sommes toujours pas devant le juge je te rappelle.

Sheli : Je sais mais tu es agressive et je me sens fatiguée. Tu as commencé les hostilités, je les poursuis. C'est tout. Maintenant qu'il est mort, je peux enfin m'exprimer. Alors s'il-te-plait ne me demande pas de me taire comme il le faisait toujours. Je n'aurais pas eu le droit de respirer selon lui, donc maintenant, ce que je te dis, tu n'as qu'à le mettre sous le coup de l'anesthésie générale, il parait que j'ai mis plus de temps avant de me réveiller, je suis encore sonnée. Oublie d'accord, je t'aime maman.

Naelie : Bon, tu as raison, oublions tout ça. Si c'est la procédure, j'accepte que tu restes quelques temps auprès de ton père et de son ami Jeff. Mais ensuite, une fois que tout sera rentré dans l'ordre, tu reviendras auprès de moi.

Sheli : Oui maman. Je suis un peu fatiguée. Tu restes un peu encore ?

Naelie : Non, je vais rentrer. Je suis contente que tu ailles mieux. Je vois que tu as un nouveau portable, je suppose qu'il vient de ton père ?

Sheli hocha la tête en souriant. Son téléphone avait une coque mauve et il était étincelant. Elle avait le même sourire que Matt. Tous s'en rendirent compte à ce moment-là. Elle avait des yeux rieurs comme lui également. Il n'y avait aucun doute sur leur lien.

Naelie : Donne-moi ton nouveau numéro que je puisse t'appeler lorsque tu me manqueras trop.

Sheli le chercha dans le répertoire, elle ne le connaissait pas encore. Elle le lui donna et celle-ci l'enregistra. Elle lui fit un message : « *Merci ma chérie, vivement que toute cette horrible histoire soit derrière nous, je t'aime. Maman.* »

Sheli lui renvoya un cœur. Naelie lui sourit et ressortit rapidement. Elle s'effondra quelques mètres plus loin. Elle avait fait semblant d'accepter la situation mais ce n'était pas le cas et la pilule aurait du mal à passer. Elle rentra chez elle et broya du noir le reste de la journée.

Une fois les cours terminés, Eliam se précipita vers les urgences, il envoya un message à Matt : « *Je suis en train d'arriver, où vous trouvez-vous exactement ?* »

Matt qui se trouvait toujours auprès de sa fille et de son ami leur dit : « Ah, je reviens tout de suite. »

Ils hochèrent la tête et il s'empressa de sortir à sa rencontre, il lui dit : « Te voilà, elle va être heureuse de te revoir ! »

Eliam : Et moi aussi. Je me suis beaucoup inquiété pour elle hier. Il m'a été impossible de dormir.

Matt : Je suis désolé. Enfin sache que cela n'y parait pas. Allez viens suis-moi.

Eliam portait son sac sur le dos. Ils marchaient sans faire de bruit, ils entendaient tous deux Jeff lui racontait des histoires comme il le faisait jadis avec ses enfants tous grands maintenant. Lorsque Matt réapparu, il se décala et laissa Eliam s'avançait près d'elle. Il s'assit et lui prit la main, il la lui caressait doucement. Il attendit que Jeff est terminé pour lui demander comment elle allait.

Ce dernier ne tarda pas. Sheli riait de bon cœur, cela faisait plaisir, vraiment. Elle avait un rire communicatif, comme son père. Encore un point commun. Matt se sentait tellement proche d'elle, il regrettait de plus en plus ces années de silence et d'absence auprès de sa mère et d'elle. S'il avait su qu'elle était enceinte, il ne serait probablement pas parti à l'étranger. Il aurait poursuivi ses études dans la région et serait quand même devenu un bon avocat. Pour l'heure, il avait envie de trouver son rôle de père auprès d'elle, il se sentait protecteur et il l'aimait déjà beaucoup. C'était un sentiment indescriptible. Jeff aussi s'était attaché à elle, il faut dire qu'elle était très agréable, elle souriait facilement. Elle était bon public. En même temps, elle n'avait pas eu, jusque-là, beaucoup l'occasion de profiter de la vie. Il était temps que cela change et ils seraient tous les trois présents pour l'aider.

Et Eliam qui tenait sa main la regardait avec les yeux brillants, il n'avait jamais été amoureux et trouver cela un peu cliché d'ailleurs. Mais là, ça lui été tombé dessus et il était heureux que cela soit avec elle. Elle était belle, une brune, grande de taille, un peu enrobée mais sans doute compensait-elle sa vie misérable par la nourriture, ce n'était qu'un détail qui pourrait rapidement la quitter plus tard, elle avait les yeux noisette et verts. De petites mains et de petits pieds par rapport à sa taille. Etant donné qu'Eliam observait tous les détails, rien ne lui échappait. Il sentit sa main se serrer contre la sienne. Perdu dans ses pensées, il ne s'était pas rendu compte qu'ils n'étaient plus que tous les deux, Matt et Jeff leur laissant un moment plus complice. Elle lui dit : « Merci Eliam de m'avoir défendu et surtout de m'avoir soutenu tout ce temps. Tu as été le premier à le faire. »

Eliam : Euh, mais ce n'est rien du tout, c'est normal. Et puis, tu le méritais amplement. Je n'aime pas les cons et j'aime encore moins les vieux barbus escrocs, manipulateurs et menteurs, profiteurs et détraqués. Si cette histoire ne s'était pas passé ainsi, j'aurai trouvé une autre issue à tout ça.

Sheli : Je sais oui.

Eliam : Tu as faim ? Que veux-tu manger ?

Sheli : Je commence à avoir faim oui. Je mangerai ce que l'on me donnera.

Eliam : Je vais prévenir ton père. D'ailleurs qu'est-ce que ça te fait de le connaitre ?

Sheli : Je ne sais pas, je ne réalise pas je crois. Mais moi, j'ai quelque chose d'autre à te dire d'important.

Eliam : Oui, je t'écoute.

Sheli lui raconta l'entrevue avec sa mère et elle ajouta : « Le truc c'est que je ne veux plus vivre dans le même endroit qu'avant, parce que ça me rappelle tout ce qui s'est passé ! Mais je ne peux pas le dire à ma mère. »

Eliam : Je comprends, ça ne doit pas être simple. Tu veux que j'en parle à Jeff ?

Sheli : Non, laisse tomber. Je n'aurais pas dû te déranger avec mes histoires.

Eliam : Mais tu ne me déranges pas. Je suis là pour toi tu sais. Je veux que tu puisses compter sur moi toujours.

Sheli : Merci mais oublie ce que j'ai dit d'accord. De toute façon, ma mère n'aura pas les moyens de déménager.

Eliam réfléchissait, il finit par dire : « Si peut-être bien que si, parce qu'elle était mariée à ce sale type et il se peut que vous héritiez de lui. »

Sheli : Ah bon ?

Eliam : Oui, cela me semble évident mais tu devrais en parler avec ton père, il pourra certainement mieux te répondre que moi.

Sheli : Merci Eliam.

Ce dernier hocha la tête en souriant et alla retrouver Jeff et Matt. Il leur exposa la situation, ils l'écoutaient avec attention. Il est vrai qu'ils n'avaient pas penser à cela. Il ajouta également qu'elle commençait à avoir faim. En entendant cela, Jeff partit chercher un médecin. À son retour, celui-ci dit à Sheli : « Alors comment te sens-tu ? »

Sheli : Je suis fatiguée mais je suis contente d'être si bien entourée. Je ne croyais pas même dans mes rêves les plus fous qu'un jour cela serait possible !

Le médecin : Comme quoi tout arrive, même les miracles !

Sheli : Oui c'est vrai.

Le médecin : Tu vas pouvoir rentrer chez toi, repose toi bien et lorsque tu te sentiras prête, tu pourras retourner au collège.

Sheli : D'accord, merci docteur. Je n'ai pas de restrictions pour les repas ?

Le médecin : Non pourquoi ?

Sheli : Parce que j'ai souvent la gorge qui se serre comme si on m'étranglait de l'intérieur et cela m'empêche d'avaler tout ce que je veux.

Le médecin : Je vais envoyer une infirmière faire une dernière prise de sang pour vérifier ta TSH, c'est pour ta thyroïde, les symptômes que tu décris proviennent bien souvent d'un dérèglement hormonal dû à cette glande.

Sheli : D'accord. Dites-moi docteur avez-vous une chapelle de cet hôpital ?

Le médecin : Oui. Un lieu de prières.

Sheli : J'aimerais y passer avant de rentrer. Je dois remercier Dieu pour la tournure des évènements. Et lui demander d'épargner maman qui se retrouve en difficultés à cause de moi, encore une fois.

Matt : Non Sheli, pas à cause de toi, mais à cause de Assem. C'est lui le responsable de tout ça.

Sheli : Oui mais c'était à cause de moi, je le sais.

Matt jeta un coup d'œil rapide à Jeff ainsi qu'à Eliam et le médecin. Tous se comprirent, les séquelles étaient importantes, tant psychologiquement que physiquement. Elle devrait réapprendre à se construire, à s'aimer, à avoir confiance en elle et cela mettrait du temps. Après tout, depuis petite, elle entendait qu'elle n'était qu'un tas de merde, qu'elle ne servait à rien et pleins d'autres choses similaires. Rien de très valorisant ni d'équilibré.

Le médecin lui dit : « Bon Sheli, si tu n'as plus besoin de moi, je vais visiter les autres patients, prends soin de toi et courage, tu n'es pas seule, tu es bien entourée maintenant. »

Sheli le remercia et se releva doucement. Sa tête tournait. Jeff lui tendit une barre de céréales au chocolat et lui dit : « Prends des forces pour ne pas tomber. »

Sheli déclina l'offre : « Non merci, je n'ai pas le droit. »

Jeff : N'oublie pas que tu es libre maintenant, tu peux la manger et diner avec moi ce soir ainsi que nos peluches !

Sheli prit la barre et la mit dans l'une des poches de ses vêtements, sans dire un mot. Les traumatismes étaient bien réels et se dissiperaient difficilement, elle revenait de loin.

Matt lui dit : « Je t'attends avec Eliam dehors, Jeff va rester pour t'aider, si tu as besoin. »

Jeff : Bien sûr que je reste, si tu as besoin de moi, dis-le moi Sheli. Je me tourne en attendant. Il se mit à la fenêtre et l'entendit tout à coup pleurer fort. Il s'approcha d'elle et lui toucha l'épaule, elle sursauta. Il lui dit : « Qu'as-tu ? J'ai dit quelque chose qui t'a blessé ? »

Sheli : Non, pas du tout. C'est juste que c'est la première fois que je me retrouve face à des hommes qui se retournent pour me laisser de l'intimité, d'habitude je devais me déshabiller devant lui et …

Elle se tût, Jeff s'efforçait de ne pas craquer. Les paroles qu'elle utilisait était d'une violence inouïe pour son âge. Il lui dit : « Tous les hommes ne sont pas comme lui, tu sais. C'était un pervers et un être diabolique, heureusement nous ne sommes pas ainsi, sinon la société ne serait plus. Tu ne risques rien avec nous, de ce que j'ai pu voir, Eliam t'aime beaucoup et tu peux compter sur nous, Monsieur Callum et moi-même. »

Sheli reniflait, il lui tendit un mouchoir qu'elle prit et s'essuya les yeux puis se moucha. Elle le jeta ensuite dans la corbeille proche. Il lui dit : « Veux-tu que je t'aide ? »

Sheli : Non, ça ira. Et merci pour la barre tout à l'heure.

Jeff : C'est normal, allez je me tourne.

Sheli hocha la tête et put se changer de vêtements et se rhabiller tranquillement. Pas de pression, pas de menace, pas d'insulte, rien qui lui torture davantage le cœur, l'être et l'âme. Elle lui dit : « C'est bon Jeff, je suis prête. »

Jeff se retourna et lui dit : « Bien, je vais prévenir Monsieur Callum et Eliam. »

Ces derniers discutaient en attendant. Jeff leur dit quelques mots qui les bouleversèrent mais ils ne le montrèrent pas. Ils s'approchèrent d'elle et lui dirent : « Allez viens, il est temps que l'on rentre. »

Sheli vérifia qu'elle n'oubliait rien. Elle leur dit : « Attendez, je dois passer à la chapelle avant de vous suivre. »

Elle vit une infirmière proche et l'aborda : « Bonsoir madame, je voudrais que vous m'indiquiez la chapelle ? »

L'infirmière : Bonsoir, oui bien sûr, continuez jusqu'au fond du couloir puis tournez à gauche puis à droite et vous la trouverez.

Sheli : Merci. Elle se tourna vers les trois hommes et leur dit : « Vous venez ? »

Ils l'accompagnèrent et la laissèrent se recueillir. Elle joignait ses mains et semblait prier, on pouvait la voir verser des larmes, aucun d'eux ne pouvaient déterminer s'il s'agissait de larmes de joie ou de tristesse. Peut-être un mélange de tout ça. Elle resta ainsi quelques temps et les retrouva. Elle leur dit : « Cela m'a fait du bien. Maintenant, on peut rentrer. »

Matt : Très bien. Allons-y. Eliam, veux-tu nous accompagner ?

Eliam : Je ne sais pas, je devrais rentrer bientôt.

Matt : Je comprends, ce sera donc pour une prochaine fois. Sache que tu es et seras le bienvenu chez nous, chez Jeff. Si ma fille doit avoir un petit ami, je préfère cent fois que ce soit toi. Tu es digne de confiance. Et rassure-toi tu n'as rien d'un handicapé comme le disait Calvin plus tôt.

Eliam : Merci monsieur Callum.

Il salua Jeff qui lui sourit en guise de réponse, puis dit à Sheli : « Je passerais demain pour te voir, prends le temps dont tu as besoin pour revenir au collège. Maintenant que tu as un super téléphone, on va pouvoir s'envoyer des messages, je compte sur toi. »

Sheli hocha la tête et arrivés devant la grande voiture de son père, ils se quittèrent. Eliam rentra chez lui et partit faire ses devoirs puis s'entraina un peu avec son matériel de musculation et prit un bain moussant qui l'aida à se délasser de la journée. Il mit de la musique et ferma les yeux. Sheli, se trouvait dans la grande voiture aux côtés de son père et celui-ci lui dit : « Tu vivras chez Jeff, mon épouse n'est pas encore au courant de ton existence, Calvin non plus ne connait pas notre lien de parenté. »

Sheli : Je suis désolée, je vous complique la vie.

Matt : Pas du tout, de toute façon, cela ne se passait plus aussi bien que cela entre nous. Et avec Calvin, j'ai pris conscience que cela n'allait pas non plus. Je suis en grande partie responsable et crois-moi je vais tout faire pour remédier à mes torts aussi rapidement que possible. Je te promets que tu ne seras plus en difficultés.

Sheli hocha la tête. Ils arrivèrent rapidement. Une fois garés, ils descendirent. Sheli tournait la tête partout en même temps, elle n'avait jamais vu un domaine pareil, la maison se trouvait un peu plus loin, une belle demeure en pierre avec une grande porte d'entrée à double ouverture en bois peinte en rouge. Cette maison devait avoir au moins trois ou quatre étages, il y avait des fleurs partout aux fenêtres. Et le parc était immense, elle s'approcha d'un magnifique chêne et le serra fort contre elle, l'embrassa et retourna près des deux hommes.

Jeff lui dit : « Viens avec moi que je te présente ta nouvelle chambre. »

Sheli le suivit et découvrit l'intérieur. Après avoir passé la porte rouge, se trouvait une autre porte en fer forgée un peu plus loin. Ils étaient donc dans un vasistas et elle le vit tourner la clé d'une porte se trouvant sur la droite. Là, elle découvrit le spacieux appartement de Jeff. En face d'elle, il y avait un magnifique aquarium où vivaient de multiples poissons colorés, des grands, des plus petits. Tout proche, elle apercevait une cheminée fonctionnelle, un joli chat s'était allongé et dormait profondément devant. Il y avait un magnifique salon avec une télévision à écran plat disposé perpendiculairement à la cheminée. Autrement dit, Jeff et elle se trouvaient face à l'écran. Sur leur droite, on pouvait trouver les chambres, il y en avait trois assez spacieuses, celle de Sheli était la seconde. La première étant occupée par Jeff. Sur la gauche de l'entrée se trouvait la cuisine qui donnait sur une terrasse et un petit jardin où des fleurs, des arbustes poussaient tranquillement. La cuisine contenait une table à manger et tout le nécessaire.

Jeff lui dit : « Sois la bienvenue chez toi ! Je suis heureux de partager mon monde avec toi. »

Il lui dit : « Rentre voyons, n'aie pas peur ! »

Matt les rejoignit et tout en souriant, observait Sheli découvrir les lieux. Elle s'assit sur le canapé puis se leva et alla caresser le chat, ce dernier était beige avec de longs poils doux, il s'étira un peu, ouvrit un puis ses deux yeux et miaula. Il se leva, s'étira encore et la renifla, il tourna autour d'elle puis se mit à ronronner se collant à elle. Elle le prit dans les bras et le caressa longuement, plongea son visage dans sa fourrure et l'embrassa entre les oreilles.

Ce dernier l'avait adopté. Elle poursuivit sa visite avec lui entre les bras, elle observa les poissons qui venaient la voir près de la paroi, comme s'ils lui disaient : tiens salut, on ne te connait pas, faisons connaissance. C'était amusant ! Elle s'approcha de la porte fenêtre et l'ouvrit, elle huma l'air, ça sentait la nature, les arbres et les fleurs odorantes à souhait. Elle constata qu'il s'agissait de belles roses rouges, blanches, jaunes, roses et elle ressentit une envie incroyable d'aller les toucher. Alors elle chercha une issue et lorsqu'elle la trouva, elle s'empressa d'aller les sentir. Elle les caressaient et tout en levant la tête et en fermant les yeux, elle respirait à pleins poumons l'air pur qu'elle avait à disposition. Elle rentra quelques minutes plus tard et poursuivit sa découverte, un peu plus loin sur le côté gauche, elle vit la cuisine et y fit un tour rapide, elle était spacieuse et n'avait jamais eu accès à une vraie pièce comme celle-ci. Elle passa devant les deux hommes qui semblaient attendris devant sa prospection minutieuse, elle tenait toujours le chat qui s'était rendormi paisiblement. Elle ouvrit la première porte et découvrit une chambre impeccable, un grand lit, un poste de radio, un dressing, un vase avec de belles fleurs et quelques feuilles. Elle sortit et ouvrit la seconde chambre, là elle découvrit des vêtements à sa taille classés par catégories, tous sur le grand lit qui lui était destiné, elle vit une bibliothèque avec pleins de livres à disposition, des classiques mais aussi des livres plus fantastiques, elle découvrit un poste de radio De lecteur de cd, un vase avec des fleurs, un magnifique dressing pour y mettre ses nouveaux vêtements. Une porte apparaissait derrière la bibliothèque qui menait vers une petite salle d'eau avec toilettes, douche italienne et lavabo où attendaient tout le nécessaire de toilettes. Elle sortit avec les larmes aux yeux. Ils le virent, le pari était gagné. Elle poursuivit sa quête de découverte, elle ouvrit la troisième chambre et la trouva transformer en bureau pour étudier, jouer et inviter des ami.es. Un lieu dédié à la culture, à l'amitié, aux loisirs et à la vie.

En face de cette chambre se trouvait une dernière porte qui menait à une spacieuse salle de bain avec sauna qui se trouvait être accolée à une autre pièce secrète. Il s'agissait d'un petit cinéma. Elle écarquillait ses yeux, elle n'en revenait pas.

La configuration de l'appartement était incroyable, jamais elle n'avait vu pareil lieu. Elle retourna près des deux hommes et leur dit : « Je crois que c'est la première fois que je vais vivre dans une vraie maison où il y a autant de confort et surtout que je vais pouvoir en profiter. »

Jeff : Sois la bienvenue !

Matt : Comment as-tu trouvé tes nouveaux vêtements ?

Sheli : Ils sont beaux, ils ont dû couter chers !

Matt : Le prix ne te concerne pas, ne t'inquiète pas pour cela.

Sheli : Mais quand avez-vous trouvé le temps pour les acheter ?

Matt : J'ai plus d'un tour dans mon sac, tu sais. Et à l'avenir, j'apprécierai que tu me tutoies. Je sais que c'est très rapide pour toi mais cela me ferait plaisir. Enfin, prends le temps dont tu as besoin.

Sheli hocha la tête. Jeff ajouta : « Tu as faim ? Nous allons bientôt passer à table ! »

Sheli : D'accord.

Matt : Je vais rentrer chez moi, concernant les vêtements, tu les essaieras et ceux qui ne te plairons pas ou qui ne t'irons pas, nous les échangerons, d'accord ?

Sheli : Oui d'accord. Encore merci pour tout.

Matt : De rien Sheli, c'est un plaisir, crois moi. Je viendrais te voir dès demain matin.

Sheli : D'accord. À demain alors !

Il les laissa le sourire aux lèvres, il referma la porte de l'appartement et rentra chez lui. À peine rentrer, il se trouva en face de Kassy qui lui dit : « Je peux savoir qui est cette fille ? Il parait que c'est une pauvresse qui a fait la une des journaux !? Et pourquoi Jeff la laisse vivre avec lui ? Et où étais-tu passé ? Je veux des explications aussi sur les raisons qui t'ont poussé à faire exclure notre fils de son collège ! Et tu ne dormiras pas dans la chambre mais sur le canapé du salon. Allez réponds-moi ! »

Matt soupira et comprit que la journée était loin d'être terminée. Les problèmes allaient se poursuivre encore…

12

Kassy tapait du pied sur le sol carrelé. Elle avait les bras croisés et semblait attendre, déterminée, les explications de son mari. Celui-ci était en train de se déchausser, de retirer sa veste, bref de se mettre à l'aise. Elle lui dit : « Alors, j'attends ! »

Matt : Tout d'abord, je crois que tu as oublié un point essentiel sur lequel nous nous étions mis d'accord au tout début de notre relation, là-bas à Los Angeles, que tu sembles avoir oublié.

Kassy : Je ne crois pas non.

Matt : Eh bien, je vais te rafraîchir la mémoire immédiatement. Rappelle-toi je t'avais dit que tu n'avais pas à te mêler de mes choix, de mes actes, de mes affaires d'avocat, tout comme je ne me mêlerai pas des tiennes. Tu avais accepté cette condition et tu m'avais même signé un papier pour cela que j'avais fait authentifier par un confrère. J'ai toujours ce document l'attestant donc tu n'as pas à réclamer ces informations confidentielles. Tu n'as pas non plus à exiger quoi que ce soit concernant mon attitude face à notre fils, je suis autant son père que toi sa mère et figure-toi que j'ai appris beaucoup de faits et choses le concernant très graves, des actes qui sont répréhensibles par la loi et il n'est pas question qu'il poursuive dans cette direction. Tu n'as pas ton mot à dire, parce que c'est toi qui a tenu à ce qu'il connaisse son autre pays d'origine, rappelle-toi ce que tu me disais sans arrêt : « Ne t'inquiète pas chéri, lorsque nous vivrons en France pour le bien de notre fils, je te laisserais le soin de t'occuper des règles à établir, parce que tu sauras mieux que moi quelles seront les attitudes attendues etc. » Donc à présent que nous y vivons et qu'il ne se comporte pas comme il faut, je fais ce que tu m'avais demandé avec insistance. Tu n'as pas à me demander des comptes, je suis un adulte responsable, je suis un avocat de renom et si j'agis, fais ou dit certaines choses pour mon travail ou pour notre fils tu n'as aucun droit. Si tu veux que l'on discute de ton laisser-aller à son sujet, je suis prêt à en parler avec toi mais si tu viens me faire des histoires, tu n'obtiendras rien. Et une dernière chose, je ne te l'ai jamais dit mais je suis au courant de tes tromperies à droite à gauche dans le quartier, tu pensais peut-être que je l'ignorais mais tout se sait ici. Et les voisins ne sont pas discrets pour deux sous. Si tu venais à me menacer encore, à critiquer mes actions ou à oser hausser le ton à nouveau, c'est la porte, tu pourras retourner aux Etats-Unis définitivement.

Kassy se tut et partit en claquant la porte de sa chambre, elle lui jeta ses affaires par la fenêtre et ressortit en lui disant : « Tu veux jouer à ça ? Très bien, tu dégages pauvre connard ! »

Matt alla à la fenêtre de leur grand salon et retrouva ses affaires gisant sur le sol devant le parc qui les entouraient. Il s'approcha d'elle, l'air sombre et lui dit : « Tu as deux minutes pour préparer ta valise, je te paie instantanément un billet d'avion pour chez toi, tu t'en vas, c'est terminé. Le divorce sera prononcé dans quelques mois. »

Kassy pâlit et se ravisa : « Mais non enfin, je me suis emportée, je ne pensais pas que tu parlais sérieusement concernant ce papier que tu m'avais fait signé. Alors quoi, je n'ai pas le droit de me poser des questions ? »

Matt : Non, tu n'as pas le droit, tu n'y connais rien à mon travail. Toi tu es dans la mode, la beauté, reste donc dans ton domaine et laisse-moi régler mes affaires comme je l'entends. Tu es dédaigneuse envers ceux que tu estimes être moins que toi mais ta fortune actuelle tu me la doit, rappelle-toi bien de cela. Je te rappelle que sinon ta famille t'avait coupé les vivres, tu dépensais tout l'argent familial sans en gagner et je t'ai sorti de cette situation. Ton père m'a généreusement remercier en m'aidant dans certaines situations mais à présent, je ne vous dois plus rien, ni à ta famille, ni à toi. Donc, comme nous sommes en France, que le document est toujours valable, je n'ai aucun compte à te rendre, tu n'as pas à t'emporter de la sorte, tu n'as pas à me parler sur ce ton, tu me trompes en plus depuis des mois si ce n'est des années. Alors tes leçons de moral, tes menaces ne me font ni chaud ni froid. Même en prenant un avocat, tu n'aurais aucune légitimité face aux accusations que je vais mener contre toi. Cela te coûtera tout ton argent, économise toi et ton portefeuille aussi et retourne chez toi, je lancerais la procédure d'ici et d'ici quelques mois, ce sera terminé. Tu pourras coucher avec n'importe quel mec, cela ne me regardera plus. »

Kassy pleurait, elle tenta une approche physique mais il la repoussa : « Ecarte-toi de moi, ne me touche pas. Tes mains sont sales. Allez fais tes valises, tu pars ce soir à 22h40, tu arriveras chez toi rapidement. »

Kassy : Et Calvin ?

Matt : Il reste avec moi.

Kassy : Non, je veux mon fils ! Tu ne peux pas me l'enlever.

Matt : Qu'as-tu fait pour lui ? Il est livré à lui-même depuis que nous nous sommes installés ici. Moi, j'avais mon travail qui me prend beaucoup de temps, c'est vrai mais grâce à moi, tu as déjà dilapider plus de la moitié des économies dans les jeux au casino et le reste dans des tenues alors que tu n'invites jamais personne ici. Au lieu d'investir dans l'éducation de notre fils, tu me fais porter le chapeau. Tu es gonflée, tu n'as jamais changer depuis que je te connais, tu es identique en tous points. Allez dépêche-toi !

Calvin les écoutaient derrière la porte de sa chambre et sortit comme une furie, il hurla dans sa direction : « Il n'est pas question que tu chasses ma mère ! »

Matt : Calvin, cette conversation ne te regarde pas.

Calvin : Je crois au contraire que si, et je vais même aller plus loin, tout ça c'est de la faute de Sheli, je vais aller lui dire deux mots. Matt voulut l'en empêcher mais il lui fit faux bond.

Il fonça vers l'entrée. Il sortit puis défonça la porte de Jeff et sauta sur cette dernière qui caressait le chat auprès de ce dernier. Il lui mit trois ou quatre coups de poing dans le visage et lui donna plusieurs coups de pieds dans le ventre, le dos et les jambes, il lui criait dessus : « Tiens salope, ça c'est pour toi, pour ton copain handicapé et pour la dispute avec mes parents ! » Matt l'avait suivi de près et tentait de l'arrêter, il appelait Jeff à la rescousse mais celui-ci eut besoin de quelques minutes pour réaliser ce qu'il se passait, il se releva et attrapa fortement Calvin avec son patron. Ils le neutralisèrent et Jeff eu la permission de l'assommer. Calvin tomba par terre. Kassy s'approcha et dit d'un ton méprisant : « Tout ça pour cette pauvre fille, Calvin m'en a souvent parler, contrairement à ce que tu disais, il me racontait tout ce qu'il faisait et je l'encourageais à continuer, les gens comme elle ne méritent pas de vivre, ils sont des mouches à écraser. Elle est pauvre, elle est laide, elle est grosse, elle ne sert à rien. Autant s'en débarrasser vite et bien pour éviter qu'elle n'infecte tout le monde par sa puanteur. »

En entendant cela, Matt s'avança dangereusement d'elle, il n'avait qu'une seule envie qui était de la faire taire à tout jamais, il la regarda et lui dit : « Tu sais quoi tu as raison, retourne chez toi définitivement et prends ton fils. Que je n'ai plus à vous revoir. Je respirerais enfin ! »

Kassy : Je n'ai jamais compris pourquoi tu défends des causes insignifiantes, tu es riche, tu as tout ce que beaucoup n'auront jamais, alors pourquoi t'embêter avec ces êtres ?

Matt : C'est hors de ta portée les raisons qui me poussent à agir ainsi ma pauvre. Tu me dégoûtes, allez dégage, prépare vos affaires, je vous mènerais directement à l'aéroport et bon vent !

Pendant que Matt s'expliquait avec sa future ex-femme, Jeff tentait de réanimer Sheli. Elle ne bougeait plus, après l'intervention du matin, elle risquait de nouvelles séquelles. Il repensait au diner qu'ils avaient eu quelques temps plus tôt, il avait passé un super moment en sa compagnie, elle était très agréable et avenante. Il coupa son patron et lui dit : « Monsieur, s'il-vous-plait, Sheli va mal, elle ne répond plus à mes sollicitations ! Je suis très inquiet ! »

Matt repoussa Kassy hors de l'appartement et les pressa pour qu'ils préparent leurs affaires en urgence. Puis, il revint près de ce dernier et s'approcha de sa fille, il souleva sa tête et découvrit du sang coulant de son oreille, il prit peur et appela le Samu. Lorsqu'ils arrivèrent, ils lui demandèrent ce qu'il s'était passé et il raconta les faits. Ces derniers hochèrent la tête et connaissaient de nom Sheli puisqu'ils avaient entendu parler d'elle via les informations télévisées. Ils l'emmenèrent rapidement aux urgences tout en lui prodiguant les premiers soins. Ils vérifièrent ses constantes et tout un bilan. Avant de quitter le domaine, ils dirent à Matt : « Nous devons prévenir la police, votre fils devra rendre des comptes. Il n'est pas à sa première agression. »

Matt tombait des nues, il bégaya et dit : « Il devait rentrer aux Etats-Unis avec sa mère dont je vais divorcer rapidement. »

Le secouriste : Je comprends mais à son sujet, cela va devoir attendre.

Matt semblait dépité et finit par hocher la tête. Il leur dit : « Le voilà. Nous l'avons assommer parce qu'il se débattait et voulait l'achever. »

Le secouriste : D'accord, vous leur direz. Ils vous mettront au courant de sa vraie personne. Nous emmenons Sheli.

Jeff : Monsieur, je vais les suivre, je ne veux pas qu'elle reste seule là-bas. Réglez vos problèmes avec votre femme et votre fils. Nous nous tiendrons au courant.

Matt : Oui Jeff, allez-y vite. Je fais au plus rapide.

Jeff hocha la tête et sortit rapidement, il prit la voiture et rattrapa l'ambulance. Il se gara vite et rejoignit l'équipe médicale qui se tenait prête pour les soins. Il leur raconta rapidement où les coups avaient été portés, ce qu'il s'était passé et la violence qu'elle venait de subir. Le choc et traumatisme qui s'ajoutaient à sa vie déjà bien misérable.

Les soignants le remercièrent et l'emmenèrent rapidement. Il ne la revit plus avant le lendemain où un des médecins de garde lui dit : « Sheli a eu des côtes cassées, elle a de multiples hématomes internes et externes, elle a une grosse égratignure dans l'oreille que nous avons soignés. Nous avons constatés dans son dossier qu'elle avait subi le matin une intervention chirurgicale d'avortement, elle n'a pas pu se remettre de ce choc et n'a pas eu de convalescence. Il faut l'envoyer dans un centre de repos où personne ne lui voudra du mal, elle ne sera plus en mesure de marcher pendant quelques semaines, voire des mois. Le temps que ses fractures se résorbent entièrement. Elle devra être immobilisé. Je sais et je me doute que ces nouvelles vous abrutissent mais pensez à elle, il serait bon également qu'elle parle avec quelqu'un de tous les traumatismes qu'elle a enduré toutes ses années. »

Jeff : Je suis effondré oui, nous avions passés un si bon début de soirée, nous discutions tranquillement et elle caressait le chat qui ronronnait. Elle souriait et c'était magique de la voir ainsi puis tout à coup ce monstre lui a sauté dessus et la massacrer. Pour l'égratignure, c'est peut-être le chat qui prit par surprises la griffer avant de s'enfuir. Je n'en sais rien.

Il craqua et pleura sans pouvoir s'en empêcher. Trop d'injustices pour cette jeune fille. Il se rappelait encore les dires que ce Calvin et sa mère avait tenu à son propos, cela lui déchirait le cœur.

Le médecin lui dit : « Vous avez le droit de pleurer, mais vous savez, on ressent beaucoup de résilience dans son regard, beaucoup de courage même si elle est brisée, c'est évident. »

Jeff : Elle est brisée, oui c'est le terme exact. C'est terrible qu'à 15 ans, elle se retrouve ainsi. Qu'a-t-elle fait de mal pour subir les railleries, violences diverses et insultes au quotidien par des « proches » ou des étrangers ? Je ne comprendrais jamais ce monde de fou.

Le médecin : Vous avez raison, ce monde est fou. Et je peux le dire en connaissance de cause, vous n'avez pas idée de ce que l'on voit parfois dans les blocs. Je dois vous laisser, si vous avez besoin de quoi que ce soit, faites le savoir aux infirmières qui viendront me chercher.

Jeff : Une dernière question, quand pourra-t-elle sortir d'ici ?

Le médecin : Nous allons la garder au moins jusqu'à la fin de semaine, elle aura une chambre seule avec la télévision et tout le confort possible.

Jeff : D'accord, je vous remercie. Puis-je aller la voir ?

Le médecin hocha la tête, lui tapota l'épaule et partit. Jeff sortit son téléphone, appela son patron mais celui-ci ne répondit pas.

Il haussa les épaules et partit rejoindre Sheli, sa petite protégée.

13

Matt se trouvait au commissariat de police. La police avait été prévenue par l'ambulance de l'agression. Ils étaient arrivés rapidement. Matt leur avait alors expliqués la situation et l'acte horrible que son fils avait causé auprès de sa cliente Sheli qui était hébergée par son chauffeur et ami Jeff dans son appartement.

La police confrontèrent Calvin avec plusieurs victimes qui le reconnurent et le commandant de police dit à Matt : « Nous sommes dans le regret de vous annoncer que les victimes ont déposé plaintes contre votre fils. Celui-ci nous a avoué que sa mère Kassy Callum l'a aidé dans sa tâche par l'intermédiaire de conseils. Où est-elle en ce moment ? »

Matt : Je demande le divorce, après les propos insupportables qu'elle a tenu à mon égard ainsi que celui de ma cliente qui est aussi ma fille, après les tromperies à répétition qu'elle a eu avec tout le quartier, j'ai décidé de la renvoyer chez elle, aux Etats-Unis, bien entendu, c'était avant de connaitre cette vérité-là.

Le Commandant de police lui dit : « Rassurez-vous, elle ne pourra pas aller bien loin, nous allons la retrouver, elle devra répondre de ses actes auprès de votre fils commun. Lui en tant que mineur, il sera jugé et passera devant le tribunal pour enfant. Votre femme sera interrogée puis en fonction des résultats, nous aviserons. Mais étant donné qu'elle était sa complice directe, elle écopera d'une peine. Je ne sais pas encore laquelle. Mais c'est un délit grave. Je suis navré Monsieur Callum. »

Matt : Pas autant que moi, ce mariage n'aurait jamais dû avoir lieu. Calvin a vraiment mal tourné, je ne pensais pas qu'il serait capable d'en arriver à agresser de pauvres gens sans défense. Je suis confus. Je vais tout de même entamer ma démarche de divorce auprès d'un confrère.

Le commandant de police hocha la tête et ajouta : « Restez disponible pour les interrogatoires et la suite de cette affaire. »

Matt : Bien entendu, je répondrais présent. Je m'en tiendrai à la vérité comme toujours. Maintenant, je vais rejoindre ma fille et Jeff pour prendre des nouvelles.

Il sortit et prit un taxi pour se rendre aux urgences. Il commençait à bien connaitre cet endroit, cela le rendait anxieux. Il ouvrit son téléphone et constata que Jeff avait voulu le joindre, il le rappela et lorsque ce dernier répondit, il lui dit : « J'arrive vite, où êtes-vous ? Dans quelle chambre ? »

Il eut sa réponse et raccrocha. Son air était sombre et grave. Il paya le chauffeur et s'engagea à l'intérieur, se dirigea vers le numéro de chambre indiqué par Jeff.

Il frappa à la porte et la trouva bander du haut du buste jusqu'au bas-ventre. Il s'assit et lui dit avec une voix chevrotante : « Je ne sais pas quoi dire, je suis sincèrement désolé, j'ai appris qu'il n'en était pas à son coup d'essai. Aidé de sa mère, il a agressé d'autres personnes, il va passer devant un juge pour enfant et elle sera sans doute condamner également. »

Jeff choqué lui dit : « Vous tenez le coup Monsieur ? »

Matt : J'avoue que je ne m'attendais pas à cela. Au moins maintenant, ils ne pourront plus faire de mal à qui que ce soit. J'aurais préféré qu'ils ne frappent pas une fois de plus et encore moins sur ma fille.

Sheli regardait fixement un point dans le mur et ne semblait plus entendre quoi que ce soit. Matt lui prit la main, elle grimaça. Il retira la sienne et constata des hématomes sur les phalanges.

Elle avait été massacrée. Son fils n'était donc pas qu'un petit con mais bien une brute doublée d'un con. Quelle tristesse !

Il lui dit : « Je vais prévenir Eliam. Les vacances approchent, je vais demander à son père de le laisser venir à la maison, pour qu'il puisse passer du temps avec toi. Cela te ferait plaisir ? »

Sheli n'eut aucune réaction.

Jeff lui fit un signe de tête, l'air de dire qu'il avait à lui parler en dehors, Matt comprit et le suivit. Ce dernier lui raconta sa discussion avec le médecin et le fait que Sheli pourrait partir en maison de repos. Matt ne dit rien. Il appela Naelie qui arriva dans l'heure. Il lui expliqua la situation, elle ne l'écoutait que d'une oreille, elle rentra dans la chambre et tout en s'asseyant auprès de sa fille, lui dit : « Je suis là ma chérie, ton père m'a prévenue. Je suis si triste pour toi, tu venais à peine de sortir que te voilà encore ici. Où as-tu mal ? »

Sheli ne répondit rien. Naelie n'insista pas. Elle comprit que ce n'était pas le moment. Elle fut rejointe par Jeff et Matt. Celui-ci venait d'envoyer un message au père d'Eliam en lui indiquant qu'il lui proposait un job d'été et qu'il espérait vivement que ce dernier accepterait la proposition. Puis, il avait envoyé un message à Eliam le prévenant de la situation et de la proposition qu'il venait de faire à son père.

Eliam lut le message de Matt et trembla, alors comme ça, Calvin avait encore frappé et fort qui plus est. Il espérait pouvoir le lui faire payer. Il renvoya un message à Matt : « *Bonsoir, merci de m'avoir prévenu pour Sheli. Comment va-t-elle ?* »

Il reçut une réponse immédiate : « *Elle est immobilisée, Calvin lui a fracturé des côtes et elle est déformée de partout, elle a même des hématomes sur les phalanges des mains. Cela fait peine à voir, elle ne parle plus à personne depuis qu'elle est à l'hôpital. Penses-tu qu'il soit possible que je vienne te chercher ce soir ? Je vais contacter ton père, après tout, l'année scolaire touche à sa fin !*»

Eliam s'habilla en trente secondes et attendit son arrivée avec impatience. Il avait hâte de retrouver Sheli, il ne voulait plus être séparer d'elle.

Pendant ce temps, Matt envoya un message à Sylvan : « *Bonsoir Monsieur Peniel, j'aurais besoin d'Eliam pour une course de la plus haute importance, je sais qu'il est tard mais je vous le ramènerais dans la soirée. Je viens le récupérer avec Jeff mon chauffeur et ami de confiance. Je vous prie de le laisser me rejoindre. Matt Callum.* »

Puis Matt mit au courant Jeff qui hocha la tête. Il dit à Sheli : « Je reviens vite ! Tu vas rester avec ton père, tout ira bien. »

Sheli ne répondit rien. Naelie qui se trouvait toujours à ses côtés priait. Matt lui dit : « Jamais je n'aurais pensé que mon fils était à l'origine de tant de souffrances, c'est un enfer mais il va payer pour ses crimes et sa mère aussi.

Ils ont tous deux été arrêtés par la police, j'ai reçu un message du commandant de police tout à l'heure. Je témoignerais contre eux au moment voulu. Ce sont des monstres, je ne laisserais pas cet acte gratuit impuni. Je te le promets Sheli. »

Naelie : Que va-t-il se passer maintenant ?

Matt : À quel propos ?

Naelie : Pour Sheli ?

Matt : Il semble qu'elle va être envoyer en maison de repos pour sa guérison. J'ai plusieurs biens immobiliers en Province, une maison sur la côte océanique, l'autre sur la méditerranée, et d'autres en montagne, en campagne. Bref, il y a du choix. J'ai du personnel dans chacune d'elles et s'il le faut, nous emménagerons où elle voudra pendant le temps qu'il faudra.

Naelie : Et comment ferais-je pour la voir ?

Matt : Tu pourras venir la voir si tu veux. Par contre, dans le cadre de la procédure, tu ne pourras pas loger à ses côtés, parce que tu seras amenée à être interroger par la police d'ici.

Naelie soupira, cette situation elle ne l'avait pas chercher. Elle s'était fait avoir mais elle savait que cela ne serait pas suffisant auprès de Matt. Elle préféra se taire. Tout à coup, Sheli se mit à trembler. Puis vomit du sang à flot.

Matt se leva d'un bond et alerta les infirmières dans le couloir. Elles arrivèrent rapidement et prévinrent le médecin de garde. Du monde s'engouffra dans la chambre puis elle fut emmenée au bloc.

Matt envoya un message à Eliam : « *Où es-tu ? Avec Jeff ? Sheli a été ramené au bloc en urgence, elle s'est mise à vomir du sang.* »

Eliam lui répondit : « *Mon père n'a pas accepté que j'accompagne Jeff, il la fichu à la porte. Il a tenu à connaitre les raisons et lorsque finalement Jeff après maints refus lui a expliqué, il a refusé catégoriquement expliquant que Sheli n'en valait pas le coup et que vous aviez dû perdre la raison pour vouloir l'aider, que vous aviez une mauvaise influence sur moi etc. Je suis désolé et bien dépité croyez-moi.* »

Matt explosa. Comment pouvait-on dire que Sheli n'avait aucune valeur ? Elle était sa fille. Bien entendu, personne ne le savait. Puis, il eut une idée. Il se leva et dit à Naelie : « Je vais reconnaitre Sheli, je vais l'ajouter sur mon testament et j'en parlerais à mon ami notaire pour les documents et tout le reste. Bientôt, elle s'appellera Callum comme moi et plus personne ne la sous-estimera comme c'est le cas jusqu'à aujourd'hui. »

Naelie : Si tu veux, si ça peut lui rendre la vie plus douce alors vas-y, tu es son père de toute façon. Tu es dans ton droit.

Matt : Je te remercie. Je vais devoir m'absenter quelques heures, reste près d'elle et préviens moi s'il y a du nouveau, d'accord ?

Naelie : Oui compte sur moi. Au fait, je suis contente quand même de te revoir. Je sais que tu seras un père aimant et formidable pour notre fille.

Matt sentait qu'elle se radoucissait à son propos et cela lui réchauffait le cœur. Il se contenta de hocher la tête et sortit de la chambre.

Il appela Jeff et lui dit : « Jeff, venez me chercher et allons visiter en urgence Maître Firstin, mon ami notaire. Je vais le prévenir de notre venue tardive. »

14

Matt prévint son notaire qui l'attendait sur le seuil de son domicile avec tout le dossier de ce dernier. Jeff récupéra rapidement son patron et l'emmena aussi vite que possible chez celui-ci. Lorsque les deux amis se retrouvèrent, ils se saluèrent chaleureusement et Matt mit les pieds dans le plat immédiatement : « Marc, je suis heureux de te revoir, comment vas-tu ? Je te remercie de me recevoir à une heure aussi tardive mais j'ai besoin de toi pour une affaire de la plus haute importance ! »

Marc Firstin : Je t'écoute Matt. Que se passe-t-il ? Viens, entre et installons-nous tranquillement que je puisse prendre en considération tes requêtes.

Matt hocha la tête et invita Jeff à les rejoindre, il fit les présentations : « Te souviens-tu de mon ami et chauffeur Jeff ? »

Marc Firstin : Oui bien sûr, bonsoir Jeff comment allez-vous ?

Jeff : Bonsoir Monsieur Firstin, je vais bien quoiqu'un peu nerveux, je dois l'avouer.

Marc Firstin le regarda étonné, il dit à Matt : « Que se passe-t-il ? »

Matt était à présent installé dans un sofa confortable aux côtés de Jeff qui se tenait en face sur un fauteuil.

Marc Firstin : Bien, raconte-moi tout dans les détails.

Matt entama son histoire depuis le moment où il avait entendu parler de Sheli jusqu'à maintenant. Il ne s'était passé que quelques jours mais ces derniers paraissaient être des semaines voire des mois. C'était dingue comme situation, pour autant, bien que ce soit très difficile, il ne regrettait sous aucun prétexte cette rencontre. Il finit par lui dire : « Je suppose que tu la connais, elle était passée aux informations télévisées l'autre fois. »

Marc Firstin : Oui en effet, c'était une tragédie, et donc c'est ta fille ?

Matt : Oui exactement. Tu te rappelles Naelie Lona ? Nous étions ensembles depuis de nombreuses années et lorsque je lui ai annoncé que j'avais reçu une bourse complète pour étudier à l'étranger, elle allait me prévenir pour sa grossesse mais cette nouvelle lui a coupé l'élan. Du coup, je ne l'ai su que maintenant parce que Calvin s'est retrouvé dans la même classe que Sheli et qu'elle était son souffre-douleur au même titre que le petit ami de Sheli. Bref, je t'ai donné tous les détails, je voudrais à présent reconnaitre Sheli comme étant ma fille et l'ajouter sur mon testament. Je voudrais également que tu retires Calvin et Kassy de ce document officiel, de toute façon, le divorce sera prononcé dans peu de temps, j'ai contacté un confrère qui a lancé la procédure de divorce. Et étant donné qu'elle a été arrêté par la police, je doute qu'elle s'en sorte facilement. En tout cas, j'œuvrerai en ce sens. En plus la garce passait son temps à me tromper. Bref, cela ne sera pas une grande perte.

Marc Firstin : Je vois oui. Bon, attends, j'attrape le bon dossier et je rédige les nouvelles clauses immédiatement. Pour la reconnaitre, je pense que tu devras passer par la mairie de ta ville de résidence.

Matt : D'accord, j'irai demain matin à la première heure dans ce cas.

Marc Firstin avait remis la main sur le dossier et était en train d'apporter les modifications demandées. Il lui tendit les feuilles pour qu'il relise l'intégralité. Sheli hériterait de la totalité des domaines sur le territoire français mais aussi étrangers. Elle hériterait également des biens commerciaux et immobiliers. Ainsi que l'argent intégral qui se chiffrait en millions d'euros, peut-être plus. Bref, une future millionnaire.

Matt lui rendit les feuilles et semblait satisfait. Il remercia son ami et lui dit : « Bien entendu, cela reste confidentiel. »

Marc Firstin : Bien sûr Matt. Je suis content pour ta fille, elle aura une issue heureuse après tous les malheurs qui se sont abattues sur elle.

Matt : Oui, j'espère vraiment qu'elle ira mieux rapidement, ça me déchire le cœur de la voir ainsi. Mais viens nous voir prochainement, tu feras sa connaissance.

Marc Firstin : D'accord, avec plaisir Matt. Je passerai demain dans la journée. Ainsi, je pourrais rencontrer l'héritière de la famille Callum.

Matt sourit, il se releva, Jeff également et ils se serrèrent la main affectueusement. C'était entendu, ils se reverraient le lendemain.

Jeff et Matt retournèrent à l'hôpital et retrouvèrent Naelie toujours seule. Sheli n'était pas revenue. Ils s'installèrent et attendirent patiemment son retour.

15

Après plusieurs heures, Sheli revint. Le médecin leur dit : « Elle a fait une hémorragie interne. Grâce au vomissement, nous avons pu localiser l'endroit exact et avons réaliser les actes adéquats. Elle ira mieux dans les prochaines heures. »

Matt le remercia et lui dit : « Docteur, concernant la maison de repos dont vous parliez à Jeff un peu plus tôt, sachez que j'ai l'embarras du choix, j'ai des domaines et maisons en bord d'océan, de mer, à la campagne et en montagne. Il n'y a personne là-bas hormis mon personnel et ce sera très calme pour elle. Je projette de m'y installer le temps qu'elle se remette complètement. Il y aura également un médecin qui pourra s'installer avec tout le matériel médical possible. Je refuse que Sheli soit envoyé dans un endroit que je ne connais pas. J'ai du temps à rattraper, je veux l'aider, elle est ma fille et j'ai pris toutes les dispositions pour cela. Dès demain matin, j'irai à la mairie pour entamer les procédures de reconnaissance paternelle afin qu'elle puisse enfin porter mon nom de famille et être reconnue comme étant de la famille. »

Le docteur : C'est très bien et concernant la maison de repos, si vous me promettez qu'elle aura accès à des soins adaptés, alors c'est d'accord. Elle pourra choisir le lieu qui lui convient. Je vous suggère également de lui proposer de parler à quelqu'un de tous les traumatismes cumulés. Elle aura certainement besoin de s'exprimer et évacuer.

Matt : Oui bien sûr, je contacterai les meilleurs et les mettrais au courant de sa situation. Elle est sortie d'affaire maintenant ?

Le docteur : Nous avons réalisés toute une batterie d'examens supplémentaires, il n'y a plus qu'à attendre qu'elle se réveille. Lorsque ce sera le cas, prévenez-moi.

Matt : D'accord docteur, je vous remercie pour tout ce que vous avez fait pour elle.

Le docteur lui tapota l'épaule et s'en alla. Matt retourna auprès de Jeff et Naelie qui tenait la main de sa fille. Celle-ci était livide. Elle était toujours sous le coup de l'anesthésie générale. Personne ne savait quand elle se réveillerait, il n'y avait plus qu'à patienter encore.

Le lendemain matin arriva rapidement, Sheli n'était toujours pas réveillée. Matt décida d'un commun accord avec Jeff d'aller à la mairie pour entamer les démarches. Il croisa le docteur qui lui dit : « Alors Sheli n'est toujours pas réveillée ? »

Matt : Non docteur. Est-ce normal ?

Le docteur : Non, je vais envoyer des infirmières et je viendrais rapidement voir son état. Allez faire votre course et revenez, je vous dirais alors ce qu'il en est.

Matt : D'accord, je vous remercie.

Il sortit rapidement et prit un taxi qui l'emmena à destination. Il se présenta au service concerné puis remplit des documents. Il en ressortit rapidement et contacta un confrère pour la suite de la procédure, à savoir que la demande pouvait être faite à l'aide d'un formulaire cerfa : une demande au juge aux affaires familiales (autorité parentale, droit de visite, pension alimentaire...) La demande pouvant également être faite par courrier libre. Ce dernier accepta et lança la procédure, étant donné que Matt Callum était un avocat renommé et brillant, son dossier passa rapidement auprès du juge aux affaires familiales. Ainsi dès le lendemain, il obtint les papiers définitifs. Il reçut un message de son confrère le prévenant et ce dernier lui envoya les documents l'attestant par courriel et courrier postal.

Il fit imprimer les documents et les ramena auprès de Jeff et Naelie qui purent le féliciter. Malheureusement Sheli n'était toujours pas réveiller pour apprendre cette nouvelle. Elle était désormais Sheli Callum, héritière de l'immense fortune familiale.

Matt dit à Jeff : « Maintenant que cette affaire est réglée, allons visiter Monsieur Peniel et fermons lui son clapet une bonne fois pour toute. »

Jeff : Avec plaisir, monsieur. Je sens que je vais me régaler.

Matt sourit en entendant ces mots. Il se sentait d'humeur joueuse, il allait faire payer les paroles de cet opportuniste. Ils arrivèrent rapidement et frappèrent à la porte, il était 19 heures. Le père ouvrit, surpris de les trouver là. Il leur dit : « Entrez Monsieur Callum. Je ne vous attendais pas, vous auriez dû me prévenir de votre arrivée. »

Matt : Où est Eliam ?

Sylvan : Pourquoi ? Qu'a-t-il fait encore ?

Matt : Rien du tout, je veux juste le voir.

Sylvan comprit qu'il n'obtiendrait aucune réponse de sa part et appela celui-ci. Au bout d'un quart d'heures, Eliam pointa le bout de son nez. Il ne semblait pas très surpris de voir Matt là. Il le salua ainsi que Jeff.

Matt prit la parole : « Je vous avais envoyé Jeff l'autre soir pour récupérer Eliam pour une affaire importante mais vous avez refusé. Puis-je connaitre les raisons de votre refus ? »

Sylvan bégaya. Il hésitait à lui répondre clairement. Matt montrait des signes d'impatience, il finit par lui dire : « Ecoutez Monsieur Callum, vous êtes un homme respectable, vous êtes distingué, cette fille Sheli n'est qu'une source d'embarras, d'ennuis et de problèmes. J'ai interdit à Eliam de la fréquenter, elle est issue d'une famille sans avenir. Je ne vois pas ce qu'elle pourrait apporter à mon fils. C'est pour cette raison que j'ai refusé qu'il vous rejoigne. »

Matt regarda Jeff qui prit la parole : « Je crois bien que vous êtes en train de perdre le plus gros client de vos deux banques Monsieur Peniel. »

Sylvan blêmit. Matt ajouta : « En fait, ce que veut dire Jeff c'est que celle que vous considérez comme insignifiante est en réalité l'héritière de toute ma fortune. Sheli est à présent ma seule héritière, elle est ma fille, elle est la fille de mon premier amour et je ne l'ai appris qu'il y a quelques jours, tout s'est accéléré et j'ai pris la décision de la reconnaitre après quinze ans. Donc, non seulement je quitte vos deux banques mais je vais faire en sorte de vous faire remplacer. Votre mentalité n'est pas éthique. Donc si vous avez des clients avec un compte en banque bas, vous les assommerais davantage juste parce qu'ils ne sont pas dignes de confiance ? C'est inadmissible. À compter d'aujourd'hui, je vous demanderai donc de me laisser emmener votre fils Eliam pour voir ma fille Sheli Callum, je vous ai ramené les documents officiels de ma reconnaissance. J'ai également les documents attestant de sa fortune. Eliam est le meilleur petit ami pour ma fille unique et je ne souhaiterai pas en avoir un autre, en revanche, je ne veux plus jamais vous revoir, ni vous ni quiconque de votre entourage. Heureusement votre fils ne vous ressemble pas, en tout cas, il n'a pas pris ces traits de caractère-là.

Sur ce, je vous souhaite une bonne soirée.

Et se tournant vers Eliam, il lui dit : « Va te préparer, je t'emmène avec moi immédiatement, Jeff te ramènera plus tard dans la soirée. »

Eliam remonta rapidement pour s'habiller, il se parfuma vite fait et dévala les escaliers à toute vitesse. Il les rejoignit en même pas deux minutes, il regarda son père l'air confus et dépité. Celui-ci leur dit : « Je suis confus Monsieur Callum, je ne me doutais pas. »

Matt : Oui, je me doute. Mais vous avez jugé sur les apparences, le milieu bancaire est vraiment pourri.

Ils sortirent et montèrent en voiture. Jeff dit à Matt : « C'était royal, je vous remercie monsieur de m'avoir permis d'assister à cela. Vous avez vu sa tête ? »

Matt : Oui, il se décomposait sous nos yeux.

Eliam : Je l'avais prévenu qu'il s'en mordrait les doigts. Alors comme ça vous l'avez reconnu ?

Matt : Oui, ainsi plus personne ne pourra la critiquer, la huer ou que sais-je encore ?

Eliam : Cela va lui faire un choc.

Matt : En fait, j'ai l'espoir qu'elle se réveille grâce à toi.

Il lui raconta tout ce qu'il s'était passé et Eliam se tût. Il espérait lui aussi que sa présence apporterait des changements. Ils arrivèrent rapidement, ils se garèrent et rejoignirent Naelie. Elle buvait un thé à la menthe pour passer le temps. Sheli demeurait toujours dans le même état.

Eliam s'assit près d'elle et lui prit la main, il se pencha vers elle et lui dit : « S'il-te-plait Sheli, réveille-toi, c'est moi Eliam, je suis venu pour toi. Tu me manques, je t'aime et j'ai besoin de toi. Il ne reste que quelques jours avant le début des vacances, nous allons pouvoir les passer ensembles. Ton père s'est arrangé avec le mien. S'il-te-plait, réveille-toi et laisse-moi profiter de tes magnifiques yeux noisettes/verts. Je suis bienheureux d'avoir fait ta connaissance, tu es l'une des personnes les plus résilientes et courageuses que je connaisse, tu es forte, tu es une battante, je sais que tu as l'impression que ta vie ne vaut pas la peine d'être vécue mais je t'assure qu'elle va être belle de plus en plus. Ta vie va changer pour le bien, tu le mérites amplement. Et je serais là, à tes côtés pour te voir t'épanouir, profiter et vivre pleinement. Prends le temps dont tu as besoin pour nous revenir en meilleure forme, sois forte encore un peu pour nous. Tu n'es pas seule, ta mère, ton père, Jeff et moi sommes là, près de toi et nous n'attendons qu'une seule chose c'est que tu ouvres tes beaux yeux et que tu souris. Lorsque tu souris, ton visage s'éclaire et tu es lumineuse. La joie et le plaisir te vont à ravir. Nous avons tous hâte de profiter pleinement à tes côtés. »

Il l'observait de près pour voir s'il constatait un changement. Rien, il ne se passait rien. Il attendit avec les autres qu'elle ouvre enfin les yeux.

Ce n'est que deux jours plus tard, alors qu'il était seul avec elle qu'elle les ouvrit. Il ne s'en rendit pas compte tout de suite, elle bougea un peu ses doigts. Il releva la tête et s'approcha d'elle, il lui dit : « Ça y est ! Tu es enfin de retour, je suis trop heureux que tu me sois revenu ! »

Sheli, faiblement : « J'ai soif ! »

Eliam lui servit un verre d'eau et l'aida à boire. Puis, il lui dit : « Il s'est passé tellement de choses pendant ton absence, ta vie va changer. »

Sheli : J'ai mal à la tête.

Eliam : Je vais prévenir ta famille et le docteur, je reviens tout de suite.

Quelques minutes plus tard, il revenait avec ses proches, Naelie l'embrassa longuement et lui dit : « Ma fille, tu es enfin revenue à toi. Comme tu m'as manqué, j'ai beaucoup prié pour que tu n'aies pas trop de séquelles ! »

Sheli : Merci maman.

Jeff s'approcha : « Je suis heureux de te revoir Sheli, je regrette ce qu'il s'est passé mais cela n'arrivera plus. »

Et enfin Matt lui dit : « Ma petite Sheli, je suis soulagé de te revoir, nous allons pouvoir enfin passer du temps ensemble de qualité, tu vas guérir et nous serons tous auprès de toi pour t'y aider. À présent, tu ne t'appelles plus Galia mais Callum, j'ai tenu à te reconnaitre après quinze ans avec l'accord de ta mère. Et tu es, à présent, ma seule et unique héritière. Je suis heureux de pouvoir tout te léguer, tu le mérites et je sais qu'avec, tu feras de belles et grandes choses. »

Sheli ne réalisait pas du tout ce que cela voulait dire. Elle était encore trop sonnée pour cela. Le médecin s'approcha et vérifia son état, il leur dit finalement : « Ce fut long, mais elle est enfin sorti d'affaire ! Beaucoup de repos, de longues balades assise en plein air et une bonne alimentation variée et équilibrée, des amis et un petit copain attentionné, sa famille et de l'amour à profusion devrait l'aider à se remettre complètement. »

Naelie : Merci docteur d'avoir sauvé ma fille, mon unique fille.

Le docteur : Je n'ai fait que mon devoir. C'est elle qu'il faut féliciter, c'est une battante. Elle a envie de vivre, ça se sent.

Naelie : Oui, je le sais. Elle a toujours été comme ça. Je suis fière d'elle.

Le docteur : Vous pouvez. Nous le sommes tous. Elle fait partie des cas les plus difficiles que nous ayons eu à traiter. Nous sommes heureux qu'elle en ressorte en meilleure forme et entourée avec une issue heureuse. Ce n'est malheureusement pas toujours le cas. Alors d'avoir pu y contribuer, cela me fait très plaisir !

Naelie : Merci docteur.

Le docteur hocha la tête. Matt le remercia chaleureusement également. Il ajouta : « Quand va-t-elle pouvoir sortir ? »

Le docteur : Comptons d'ici demain. Par contre, partez directement à la destination de son choix.

Matt : Bien entendu. J'organise tout cela.

Le docteur : Très bien. Bonne continuation Monsieur Callum.

Matt lui fit un signe de tête et retourna auprès des siens. Eliam qui tenait toujours la main de Sheli lui dit : « Je vais pouvoir partir avec vous là où tu voudras aller. Quelle destination préfères-tu ? »

Jeff lui montra les différentes photographies et celle-ci les observa longuement, elle finit par dire : « Je voudrais bien aller là. »

Elle montrait du doigt une maison sur la côte océane avec un accès à la montagne. Elle dit : « Le bruit des vagues me fera du bien. »

Matt : C'est entendu, je prépare tout ça. Tu verras, tu t'y sentiras bien.

Sheli : Merci.

Eliam : Bon, je retourne chez moi, je vais préparer mes affaires, j'ai hâte de t'accompagner là-bas, ça va être génial !

Jeff : Je te raccompagne.

Deux policiers vinrent et frappèrent à la porte. Ils dirent : « Nous venons recueillir le témoignage de Sheli Galia. »

Matt : Non, ce n'est plus Galia mais Callum. Je l'ai reconnu. Elle porte à présent mon nom.

Le policier : Oh toutes mes excuses monsieur Callum. Bien, pourriez-vous nous laisser quelques temps ?

Matt jeta un coup d'œil à sa fille qui lui fit un signe de tête comme pour dire que c'était bon pour elle. Naelie la laissa également.

Les policiers à tour de rôle : « Nous sommes heureux de te retrouver en meilleure forme, nous étions venus plus tôt mais nous avions appris que tu n'étais toujours pas remise. Comment te sens-tu à présent ? »

Sheli : Disons que ça va.

L'un d'eux dit : « Te rappelles-tu ce qu'il s'est passé ? »

Sheli : J'étais avec Jeff sur le canapé et je caressais le chat en discutant avec lui. Puis, tout à coup, j'ai vu Calvin me foncer dessus et me tapait fort, après j'ai perdu connaissance, car je ne me rappelle plus rien.

L'autre policier ajouta : « Tu ne risques plus rien, il a été arrêté, sa mère également, elle était de mèche pour l'aider à établir ses agressions. Tu n'étais pas la seule à être battue par ce sale petit con. »

Sheli : C'est triste.

Le policier : Veux-tu porter plainte ? Ta plainte aurait beaucoup de poids.

Sheli : Je ne peux pas, c'est mon demi-frère.

Le policier : Oui mais il ne le sait pas, il n'aurait aucun scrupule s'il était à ta place.

Sheli : Sans doute mais c'est ce qui nous différencie. De toute façon, j'imagine que d'autres ont déjà porté plainte, non ?

Le policier : Oui c'est exact, il y en a plus d'une dizaine.

Sheli : Ah oui effectivement.

Le policier : Et encore, nous sommes sûrs qu'il en manque. Et concernant ta mère ?

Sheli : Que voulez-vous savoir ?

Le policier : Était-elle au courant concernant Assem Galia ?

Sheli : Au courant de quoi ?

Le policier : Des attouchements et du reste.

Sheli : Non elle ne savait pas qu'il me violait régulièrement, par contre à l'appartement c'était violent. Elle était sous son emprise c'est évident, il la manipulait autant qu'il le pouvait, elle n'avait plus sa tête mais cela m'a perdue. Puisqu'elle m'a répété avant ma dernière agression qu'elle ne considérait pas que les actes de maltraitance de ce monstre n'étaient pas vraiment de la maltraitance mais presque une normalité, une banalité. Comme si le fait qu'il ait eu une enfance dure et une vie pourrie, soi-disant était une raison pour me laminer jour et nuit.

Le policier : On sent dans ta voix beaucoup de reproches !

Sheli : Bien sûr, je ne comprends pas cela. Mais bon, elle n'était pas normale auprès de lui, il en faisait ce qu'il voulait. Que comptez-vous faire à son sujet ?

Le policier : Nous allons l'interroger.

Sheli : Je vous en prie, ne l'emprisonnez pas. Elle a fauté mais elle m'aime même si son amour ne s'est pas ressenti comme il faut pendant toute ces années. Je doute qu'elle l'ait fait exprès.

Le policier : Très bien Sheli, nous en prenons note. Nous te souhaitons un prompt rétablissement.

Sheli : Merci beaucoup.

Ils la laissèrent et demandèrent à Naelie de les suivre. Celle-ci dit au revoir à sa fille, les larmes aux yeux. Matt la regarda partir et ressentit le besoin d'intervenir pour l'aider.

16

Sheli était extrêmement bien entourée, elle étouffait même un peu. Elle n'avait pas eu le temps de mettre des mots sur ses ressentis, elle n'avait pas non plus l'habitude de se retrouver choyer et solliciter de la sorte. Alors quand le lendemain, après une nuit agitée, elle sortit enfin de l'hôpital et qu'elle retrouva, certes avec plaisir, Eliam, Jeff et son père Matt, elle se contenta de sourire mais ressentait un vide.

Le trajet se passa allongée pour elle, pas dans le coffre de la voiture mais bien à l'arrière auprès d'Eliam et Matt.

Elle pensait à sa mère et celle-ci lui manquait. Elle espérait vivement qu'elle la reverrait et qu'elle n'aurait pas de problèmes supplémentaires. Elle dit dans la voiture : « Puis-je vous demander quelque chose Matt ? »

Matt : Bien entendu. Je t'écoute.

Sheli : Je voudrais que vous aidiez ma mère, je ne veux pas la perdre, elle est la seule famille que j'ai eu. Bien entendu, je vous ai vous maintenant mais maman c'est différent. Elle n'était au courant de rien, elle ne peut pas être condamner pour quelque chose qu'elle ignorait.

Matt : Je l'aiderais oui. Je comptais le faire. Je sais que tu t'inquiètes pour elle mais pense aussi à toi. Tu en as la possibilité à présent. Et personne ne te reprochera cela. Ni ne pensera que tu es égoïste. Tu dois te reconstruire, tu dois avancer. Es-tu contente qu'Eliam soit près de toi pendant ces deux mois de vacances ?

Sheli : Oui. Il a été le premier à me porter secours et à me soutenir.

Eliam : Oui c'est vrai et sache que si c'était à refaire, je le referais.

Sheli : Merci.

Elle s'adressa à Matt : « Vous me promettez que vous aiderez maman ? »

Matt : Je te le promets. Dès que nous arriverons, je contacterais mes sources pour cela.

Sheli : Merci.

Jeff roulait à bonne vitesse. Ils avaient déjà fait la moitié du chemin. Il décida d'un commun accord avec Matt de s'arrêter pour faire une pause bien méritée. Elle fut soulevée et installée sur un lit médicalisée et put profiter de l'air. Il avait changé.

Elle dit : « J'espère qu'une fois sur place, je me sentirais mieux et que je pourrais m'asseoir. »

Eliam : Je suis sûr que oui.

Il lui prit la main et lui dit : « Je suis chanceux d'être ici avec toi. Je suis certain qu'on va passer de beaux moments ensembles et que cela va renforcer notre relation. »

Sheli lui sourit. Elle n'allait pas bien du tout. Mais elle ne laissait rien paraître. Comme toujours. Elle avait appris à masquer sa souffrance, pour elle c'était devenu naturel. Chaque nuit, elle faisait des cauchemars où Assem lui faisait du mal, il la hantait, son ombre planait au-dessus d'elle. Comme si sa mort n'existait pas. Bien entendu, elle s'était bien gardé d'en parler à qui que ce soit.

Elle ne voulait pas parler à un psy ou quelqu'un d'autre, elle en avait déjà vu et cela ne lui avait servi à rien. Les vrais problèmes, ils les avaient ignoré et l'avaient laisser s'aggraver mettant l'accent sur d'autres pseudo-problèmes moindres qui en découlaient. Une perte de temps !

Elle se sentait seule, incomprise et dépassée. Elle espérait tout de même que ce séjour lui serait bénéfique.

Ils reprirent la route après être passés aux toilettes, avoir pris une boisson. Ils arrivèrent trois heures plus tard. Ils furent reçus par tout le personnel de la grande maison. Celle-ci se trouvait non loin de l'océan, toutes les pièces avaient une vue sur la plage immense. On pouvait contempler les vagues, humait l'air océanique. Et non loin, on apercevait les montagnes. Ils se trouvaient dans les Pyrénées. C'était une immense demeure avec trois niveaux et un ascenseur. Des suites spacieuses, une cuisine équipée et fonctionnelle magnifique avec des couleurs pastel, un salon avec un canapé d'angle confortable avec un écran plat, une salle à manger avec une grande table transparente et des sièges en couleur. Des tapis de-ci, de-là. Non loin, se trouvaient une grande salle de bain avec un sauna, un hammam, une piscine intérieure, un cabinet médical avec infirmières, médecins et kinésithérapeute, une salle dédiée aux différents corps de métiers. Chacun aurait la place pour aider Sheli et la soigner. Et tout autour de la grande demeure se trouvait un magnifique parc entouré de grands arbres, une petite forêt de pins et d'autres essences du coin. C'était somptueux. On pouvait apercevoir des traces de pas d'animaux sauvages. Elle fut installée dans la première suite qu'elle découvrit sans dire un mot. Elle n'avait pas l'habitude d'autant de luxe. Le contraste était difficile à vivre, elle avait l'impression que cela ne lui correspondait pas, que ce n'était pas pour elle. Elle fut rejointe par les médecins qui l'examinèrent et qui lui annoncèrent qu'elle pourrait troquer son lit médicalisé par un fauteuil roulant. Elle hocha la tête en souriant. Ils l'aidèrent à s'asseoir et elle s'installa sur le grand balcon qui donnait sur l'océan. Ils n'étaient vraiment pas loin de la plage, quelques mètres tout au plus. Quelques pâtés de maisons et hop, ils pourraient faire un plongeon.

Le personnel était ravi de rencontrer cette dernière, elle eut une jeune dame de compagnie à son service, qui s'appelait Liza. Elle avait à peine une vingtaine d'année et travaillait pour le compte de la famille Callum depuis quelques mois, elle avait été embauchée pour s'occuper de la maison puis finalement de Sheli, les critères de sélection avaient été rigoureux comme pour tous les membres du personnel de chaque domaine dont un jour Sheli hériterait.

Liza s'approcha et lui dit : « Bonjour Sheli, je suis ta dame de compagnie, je suis là pour toi. Si tu as besoin de te confier à moi, ce sera possible. Si tu ressens l'envie de te promener ou ce que tu voudras, il suffira que tu me le dises et je ferais ce que tu veux. Es-tu bien installée ? »

Sheli continuait à regarder les vagues se fracassaient contre le sable et ne répondit rien. Liza allait partir lorsqu'elle lui dit : « Attends ! »

Liza s'assit près d'elle et s'aperçut qu'elle pleurait. Elle alla chercher un mouchoir et lui essuya les yeux. Sheli pleurait en silence, on n'entendait aucun son sortir d'elle. Elle tremblait, elle ne comprenait pas ce qui lui arrivait. Elle passait de l'enfer au paradis.

Elle finit par se tourner vers son interlocutrice et lui dit : « Pardon, je ne suis pas ainsi d'habitude, je te remercie d'être là pour moi. Mais sache que tu n'es pas ma dame de compagnie, considérons que tu es mon amie, d'accord ? Je ne suis rien de plus que toi. »

Liza : Ne dit pas cela voyons, tu es l'héritière de la grande fortune de Monsieur Callum.

Sheli ne répondit rien. Elle baissa les yeux et chuchota : « Peux-tu m'emmener me promener dans la nature s'il-te-plait ? J'ai besoin de respirer, j'étouffe ici ! »

Liza : Bien sûr.

Elle emmena cette dernière vers l'ascenseur et appuya sur le bouton du rez-de-chaussée. Arrivée en bas, elle l'emmena vers l'entrée et ouvrit la porte, puis la fit sortir. Sheli découvrait pour la première fois l'immensité du lieu, elle ne l'avait pas vraiment remarquer en arrivant.

Elles se promenaient le long des allées de pins quand tout à coup, elles aperçurent un grand cerf. Celui-ci était tout proche. Liza lui dit tout bas : « Tu le vois toi aussi ? »

Sheli hocha la tête. Elle souriait. Elles se reculèrent un peu et se rendirent compte qu'il n'était pas seul, une biche était tout proche également.

Elles les admirèrent un moment puis Sheli fut prise de frissons alors Liza la ramena au chaud. Matt qui se trouvait auprès de Jeff les vit rentrer. Il s'avança vers elles et leur dit : « Ah vous étiez dehors ? »

Liza : Oui monsieur Callum, Sheli me l'avait réclamé.

Matt hocha la tête. Il dit à sa fille : « Alors comment te trouves-tu ici ? »

Sheli : C'est splendide ! Nous venons de rencontrer un cerf et une biche. On aurait presque pu les toucher.

Matt : Oui c'est très sauvage dans le coin. C'est pour cela que j'ai acheté ce bien, il se font dans le décor et ne fait pas fuir les animaux des alentours. Cela te plaît ?

Sheli hocha la tête.

Matt : Nous allons bientôt diner, as-tu faim ?

Sheli : Non pas trop.

Les deux médecins se trouvaient proches, l'un se nommait Peter et l'autre, sa consœur était Jenny.

Jenny s'approcha de Sheli et lui dit : « Il va falloir que tu manges un peu au moins pour prendre tes médicaments, d'accord ? Dès demain, nous ferons le point sur ton état. »

Sheli hocha la tête. Elle demanda à Liza de l'emmener près de la cheminée qui était éteinte. Elle semblait un peu déçue, alors Liza en parla à Matt qui accepta qu'on l'allume. Jeff s'assit près d'elle et lui dit : « J'ai un ami qui veut rester près de toi, est-ce que cela te dérangerais de le garder un peu ? »

Sheli : Non bien sûr.

Jeff : Tiens, le voilà.

Sheli tourna sa tête et retrouva le chat. Ce dernier s'appelait Toast. Parce que pour la petite anecdote, il aimait toujours en manger le matin avec son compagnon de vie Jeff. Il l'avait alors renommer ainsi et il répondait parfaitement à ce nom-là.

Toast ronronna immédiatement en la retrouvant. Sheli plongea son visage dans sa fourrure et le caressa longuement. Puis, elle dit à Jeff : « Puis-je vous parler un peu s'il-vous-plait ? »

Jeff : Bien sûr Sheli.

Sheli : Autre part si c'est possible.

Jeff comprit qu'elle ne se sentait pas très à l'aise. Il bougea le fauteuil et l'emmena un peu plus loin, à l'écart des autres. Elle le regarda et mit un temps avant de lui dire : « J'ai l'impression de faire un caprice et j'en suis désolée d'avance. »

Jeff : Que dis-tu ? Toi ? Faire un caprice ? Non, je ne crois pas. Dis-moi ce qui te tracasse ! Je t'écoute.

Sheli : Je ne veux pas que vous le répétiez à Matt.

Jeff : D'accord, je ne le lui dirais pas, c'est promis.

Sheli : Bon d'accord.

Elle n'osait pas lui dire ce qu'elle ressentait, elle avait peur de sa réaction. Il le ressentit alors il lui prit la main et lui dit : « Ne t'en fais pas, personne ne te punira pour ce que tu ressens. Tu peux parler librement. »

Sheli se lança : « En fait, le contraste entre il y a quelques jours et maintenant est tellement important que je ne m'y fais pas. C'est comme si ce n'était pas moi, ou pas pour moi. J'entends Matt me dire et le personnel aussi gentil, soit-il, me répétait que je suis l'héritière mais je ne comprends pas ce que cela signifie. Il y a encore peu, je suppliais Dieu de me venir en aide, de ne pas m'oublier et aujourd'hui c'est vrai que l'on pourrait dire qu'il m'a entendu, qu'il m'a exaucé enfin mais c'est trop rapide. Je n'ai connu que la misère, la galère, les problèmes, les difficultés, il n'y a pas eu d'entre-deux, de juste milieu qui me permette de me sentir à mon aise. Je n'ai pas la sensation ni le sentiment d'être à ma place, cela ne me correspond pas. C'est trop rapide, c'est trop tôt, je ne mérite pas tout ce luxe, toute cette abondance. Je me sens mal de ressentir cela, je sais que vous voulez bien faire mais je ne peux pas m'empêcher de ressentir tout ça en même temps.

Jeff : Je t'assure que je comprends tout à fait ce que tu veux dire, je ne suis pas issu d'un milieu aisé non plus et lorsque j'ai été engagé par Monsieur Callum, je venais d'un milieu plus que modeste. Il m'a fallu un temps assez long pour m'y faire. Je pense qu'il comprendra tu sais. Cela ne le chagrinera pas, il veut vraiment faire au mieux pour toi.

Sheli : Je sais, je le vois bien mais je ne suis pas à ma place pour l'instant. Peut-être plus tard, quand j'irai mieux. Mais là, c'est difficile. Je suis désolée, je suis méchante de dire tout ça.

Jeff : Non, tu ne l'es pas. C'est naturel ta réaction. Cela prouve ta sincérité, j'aime les gens capable d'exprimer leurs ressentis, leurs attentes, leurs besoins. Ce n'est pas donné à tout le monde, tu peux me croire. Tu es une jeune fille intelligente, belle et douce. Je me doute que cela n'est pas simple pour toi, après tout ce que tu as traversée. Mais tu n'es plus seule, nous sommes tous là pour t'aider à surmonter les épreuves !

Sheli : Merci Jeff. Je suis sûre que vous allez le répéter à Matt, et si c'est le cas, j'espère vraiment qu'il ne m'en voudra pas. Je commence à avoir un petit creux finalement. Où est Eliam ? Serait-ce possible de faire une petite balade sur la plage avant de nous coucher ?

Jeff : Oui, nous allons diner et nous sortirons pour profiter du coucher de soleil. Mais j'y pense, votre anniversaire est passé n'est-ce pas ?

Sheli : Oui. J'ai seize ans déjà.

Jeff : Oui et cela se fête. Je vais en toucher deux mots à Monsieur. Je vous ramène près de la cheminée ?

Sheli : Plutôt à table, merci.

Jeff : Très bien. Allons-y. Je fais appeler Eliam également. Il s'assiéra près de vous pour diner.

Sheli : Merci bien.

Ils se dirigèrent vers la salle à manger où le personnel s'activait à garnir la table. Elle prit place et regretta vivement de ne pouvoir aider. Elle n'avait pas l'habitude de se faire servir.

Au bout d'une petite demi-heure, une cloche retentit et tout le monde la rejoignit. Eliam avait pris un bain moussant et sentait bon. Il s'était soigné. Il portait un polo blanc et bleu, un jean noir et des chaussures blanches de type tennis. Il portait une chaine autour du cou. Il s'installa près d'elle et lui dit : « C'est fou ici, tu ne trouves pas ? »

Sheli hocha la tête. Elle lui dit : « Tu t'es pomponné ? »

Eliam : Tu l'as remarqué ?

Sheli : Bien sûr. Tu es très beau et ton sourire est à tomber, tu devrais sourire davantage.

Eliam : D'accord, mais je pense que ce sera facile ici à tes côtés. Il lui prit la main et l'embrassa.

Sheli rougit. Tout le monde les regardaient en souriant. Ils étaient mignons.

Ils furent servis et Sheli leur dit : « Attendez, nous ne sommes pas des princes, vous pouvez manger avec nous et nous nous servirons simplement. Installez-vous à nos côtés, il n'y a pas de différences entre vous et nous. Vous vivez ici, vous êtes nos égaux. »

Matt souriait de plus en plus, il s'attachait à elle et ressentait une immense fierté de la voir prendre les rênes de la maison. Elle s'imposait naturellement et sans même s'en rendre compte. Elle serait une héritière hors pair, il en était pleinement convaincu. Jeff se releva et aida le personnel à s'installer en accolant une autre table à la principale et une fois terminé, Sheli leur dit : « Voilà, c'est mieux. Dès demain matin, je ne veux plus voir une table mais bien deux ou une seule et plus grande qui contiennent tout le monde. Vous n'avez pas à manger ailleurs qu'avec nous. Nous sommes tous pareils, vous travaillez ici, vous faites donc partie de la famille. Au même titre que mon ami Eliam. Je vous souhaite bon appétit maintenant ! Et merci à Dieu pour tous ses bienfaits ! »

Jeff : Amen Sheli. Bon appétit tout le monde !

Matt : Bon appétit tout le monde !

Tous se servirent ce qu'ils voulaient et Sheli se sentait bien mieux ainsi. Eliam lui dit dans l'oreille : « Tu es incroyable ! »

Sheli : Je n'ai rien fais d'exceptionnel, j'ai juste remis les pendules à l'heure.

Liza qui se trouvait sur sa gauche, lui dit à la fin du repas : « Je te remercie Sheli, tu es une belle personne ! »

Sheli : Ce n'est pas grand-chose, je vous assure. Si personne ne vous l'avez dit jusque-là, eh bien il était temps que cela change. J'ai finalement bien mangé. Mais pourrais-je vous aider en cuisine demain ? J'aime bien cuisiner.

Jeff : Oui bien entendu. Veux-tu toujours te balader sur la plage ?

Sheli hocha la tête. C'était entendu. Liza la fit remonter pour la couvrir un peu plus et la fit redescendre rapidement. Tout le monde était prêt et n'attendait plus qu'elle.

17

Lorsqu'elle les retrouva, ils lui dirent : « Allez Sheli, passe devant, nous te suivons. »

Sheli : Non, non. Allez-y, je vous suis.

Matt : Je t'en prie, allons-y ensemble. Nous allons ouvrir les deux portes. Comme ça, nous sortirons en même temps.

Sheli : Pourquoi cela vous tient tant à cœur que je sorte la première ?

Matt : Parce que tu es la maitresse des lieux.

Sheli : Je ne le suis pas encore.

Matt : C'est tout comme. J'ai une entière confiance en toi et en tes jugements. Tu as des valeurs et de l'empathie, tu as du cœur et ça personne ne peut te l'enlever. Ce qui fait de toi, non seulement ma fille mais aussi une personne de confiance. Je suis fier d'être ton père, tu sais.

Sheli ne répondit rien. Elle ne se voyait pas autant de qualités. Ils sortirent et elle se rendit compte que le personnel restait dans la maison. Elle dit à Jeff : « Attendez, mais où sont les autres ? »

Jeff : Qui donc ?

Sheli : Eh bien le personnel !

Jeff : Tu veux qu'ils viennent avec nous ?

Sheli : Bien entendu, pourquoi devrions-nous profiter seuls ? C'est comme à table, ils pourraient avoir envie de profiter de la plage, du coucher de soleil et là, ils en auraient l'occasion. Je pense que pour qu'ils aient envie de bien faire leur travail, il faut les encourager à cela. Bien entendu, ce sont des employés mais traitons-les avec dignité et respect. Qu'ils nous rejoignent, que vont-ils faire dans la maison ? Elle est impeccable et nous n'aurons qu'à la fermer et voilà.

Matt avait écouté sa fille et fit un signe de tête en signe d'approbation. Il se sentait extrêmement chanceux d'avoir une fille comme elle. Ce qu'il venait de dire quelques minutes plus tôt, il le confirmait encore maintenant.

Le personnel et les deux médecins ainsi que le kinésithérapeute les avaient rejoints, ils étaient une dizaine, il y avait des femmes de chambre, les cuisiniers et cuisinières, les serviteurs ainsi que Liza. Sheli leur dit : « Tout comme au diner, vous allez nous accompagner faire une petite balade au bord de plage, je ne vois pas pourquoi vous ne pourriez pas profiter un peu vous aussi. Vous avez fait votre travail, vous avez droit à un peu de repos. Ce sera votre récompense. Dorénavant, ce seront les règles dans la maison. N'ayez aucune crainte. En revanche, si le travail venait à être bâclé ou inachevé, cela ne s'appliquera pas. Et c'est normal. Sommes-nous d'accord ? »

Liza : Oui mademoiselle, c'est d'accord. Nous vous remercions pour votre générosité.

Sheli : Oh ce n'est rien. Je vous assure. Si je veux pouvoir m'habituer à ce nouveau train de vie, j'ai moi aussi besoin de modifier quelque peu les règles de vie. Parce que je vous rappelle à tous, que je suis issue d'un mode de vie plutôt ridicule par rapport à ici. Et chez moi, tout le monde est pareil. Cela doit être identique ici. Il n'y a pas de raison. Allez cessons de bavarder et mettons-nous en marche. Enfin moi je vais rouler hein !

Liza : Oui mademoiselle, je vais vous conduire.

Sheli hocha la tête. Eliam se tenait à ses côtés, il la trouvait très compatissante envers les autres. Il la découvrait sous un nouveau jour et il était convaincu qu'il apprécierait de jour en jour, les nouvelles facettes de celle-ci.

Ils arrivèrent rapidement sur le bord de plage, juste à temps pour profiter du beau coucher de soleil qui commençait à pointer le bout de son nez. Sheli en profitait au maximum, elle demanda à s'approcher du bord de l'eau. Jenny et Peter donnèrent leur accord à condition qu'on la transporte dans les bras. En effet, le fauteuil roulant ne pourrait certainement pas rouler facilement dans les dunes. Jeff la souleva comme un poids plume et l'emmena près de l'eau salée. Il l'assit et lui releva ses bas de pantalon, des traces des derniers coups apparaissaient, elle les recouvrit immédiatement et demanda à rentrer. Il lui dit : « Non Sheli, c'est moi, je n'aurais pas dû. Tu sais, ce n'est pas grave, tout le monde sait par où tu es passée, ce n'était pas de ta faute. S'il-te-plait, reste et profite avec nous tous. Tu sais que c'est la première fois que toute la maison sort. C'est grâce à toi, qu'ils profitent un peu de leur longue journée de travail. Ils vivent bien, ils ont tout le confort possible, comme moi mais ils n'ont jamais eu l'occasion de sortir et là, tu le leur permets, tu es un don du ciel Sheli ! »

Sheli : Je veux bien rester mais c'est pour eux. Quand je les regarde, je les trouve souriants et cela me fait plaisir pour eux. Cela améliore leur condition.

Jeff : Ils n'étaient pas malheureux tu sais.

Sheli : Oui sans doute, mais cela rendra leur situation encore plus agréable. Lorsque l'on traite bien quelqu'un, il agit en conséquence. Bref, assez parler. Allez profiter avec les autres, j'aimerais rester un peu seule.

Jeff hocha la tête. Sheli était assise au bord de l'eau et ses pieds recevaient les éclaboussures des vagues. Elle se laissa tomber sur le sable encore chaud et ferma les yeux quelques minutes. Elle respirait à pleins poumons, elle avait envie de sourire mais n'y parvenait pas. Elle ne réalisait pas encore sa nouvelle vie. Tout ça était aller trop vite. Elle se releva d'un coup et sortit son téléphone, elle appela sa mère mais elle tomba immédiatement sur messagerie. Cela la ramena directement dans le passé.

Elle se mit à trembler, elle voulait sa mère. Où était-elle ? Que lui arrivait-elle ? Elle espérait vivement qu'elle ne finirait pas condamner par la police pour des faits qu'elle ignorait totalement.

Elle demeurait perdue dans ses pensées et ne s'était pas rendu compte qu'Eliam s'était assis à ses côtés. Il lui dit : « Sheli, est-ce que je peux t'embrasser ? »

Sheli réalisa sa présence à ses côtés, elle le fixa quelques minutes et finit par décliner sa demande. Eliam se reprocha son comportement. Mais il avait envie de devenir son petit ami, il n'était pas question d'aller plus loin mais il n'avait pas vu le mal.

Elle lui dit : « Ecoute, je t'apprécie beaucoup, j'aime quand tu es près de moi, mais je ne peux pas pour l'instant. Peut-être que dans d'autres circonstances, j'aurais dit oui mais j'ai vécu trop de souffrances liées aux abus et c'est encore trop frais. Je n'y arrive pas. Ce n'est pas toi le problème, c'est moi. Ne le prends pas mal d'accord ? »

Eliam : Oui, tu as raison. C'est juste que je m'attache à toi de plus en plus et je ne sais pas pourquoi je sens que nous avons un avenir commun.

Sheli : Tu penses ?

Eliam : Oui, j'y réfléchis beaucoup depuis que je t'ai aidé la première fois et franchement, j'en suis convaincu.

Sheli : Et si nous n'aimions pas les mêmes choses ? Et si finalement, tu te rendais compte que l'on n'est pas sur la même longueur d'onde ?

Eliam : Alors je ferais des efforts pour te plaire. Parce qu'on ne rencontre pas une fille comme toi, tous les jours.

Sheli : Tu veux dire une fille avec un parcours aussi atypique ?

Eliam : Oui mais non je ne parlais pas de cela. Je pensais plutôt à tout ce que tu es, tout ce qui te définit et dont tu n'as pas encore conscience.

Sheli : Comme quoi par exemple ?

Eliam : Ta générosité que j'avais déjà décelé en cours d'année mais qui s'est encore développé ici. Et ce n'est qu'un exemple parmi des milliers d'autres.

L'eau montait de plus en plus haut, elle commençait à frissonner. Il s'en rendit compte et lui dit : « Tu as froid ? »

Sheli : Oui, un peu. Je pense que je suis assise, que je n'ai pas le droit de mettre le pied par terre. Habituellement, quand j'allais avec ma mère à la mer, j'aimais beaucoup ramasser des coquillages et bien là je ne vais pas pouvoir.

Eliam : Je comprends mais tu es là et nous sommes avec toi. Nous t'en ramasserons des milliers pour que tu en fasses une collection si tu veux.

Sheli : Oui d'accord.

Eliam se releva, il portait une veste bleu marine à zip, il la retira et la lui posa sur les épaules. Elle se sentit mieux. Elle le remercia et il lui dit : « Bon, je sais qu'il commence à être tard, tu es fatiguée, ça se voit et demain tu auras une grosse journée avec les médecins. Je vais te ramener auprès des autres. »

Sheli : Non ! Surtout pas, appelle Jeff plutôt.

Eliam : Pourquoi ?

Sheli : Je suis lourde, n'oublie pas que je suis une grosse vache.

Eliam : N'importe quoi ! Et puis, je te rappelle que je fais de la musculation, je soupèse des poids très lourds. Je suis sûr que tu ne pèses pas autant que tu le penses.

Sheli : Non s'il-te-plait, je ne me sens pas à l'aise. Penses-tu qu'il serait possible que je fasse un régime ?

Eliam : Oui, je ne vois pas pourquoi tu ne pourrais pas. Laisse-moi te porter, je t'assure que tes peurs sont infondées !

Sheli ne voulait pas mais il insista tellement, elle n'osa pas lui tenir tête de peur de le vexer. Elle se laissa faire et il la souleva sans difficultés. Il la déposa sur son fauteuil roulant et l'embrassa sur la joue, il lui dit : « Tu vois, tu n'es pas si grosse que ça, je n'ai eu aucun problème. »

Sheli ne répondit rien. Elle se sentait mal à l'aise, elle avait envie de disparaitre.

Ils rentrèrent à la maison et Liza la prit en charge rapidement. Elle l'aida à se déshabiller, à se laver et l'installa dans son grand lit. Elle allait fermer les volets mais Sheli la stoppa net : « Non Liza, non je préfère quand cela reste ouvert toute la nuit. J'ai besoin de voir les lumières de l'extérieur, cela me rassure. »

Liza : D'accord, pas de problèmes. Au fait, nous vous remercions tous pour cette sortie, cela nous a fait du bien de nous balader dans le sable, cela faisait très longtemps que cela n'était pas arriver.

Sheli : Tant mieux. Sachez que pendant la période estivale, j'aime bien me promener dehors, il fait encore chaud et j'ai toujours apprécié la vie nocturne. Bon, c'est vrai qu'en ce moment, je ne profite pas autant que d'habitude mais bon, je m'en contente.

Liza : Cela veut dire que tu aimerais recommencer chaque soir ?

Sheli : Oui pourquoi pas. J'avais l'habitude avec maman de jouer à des jeux de sociétés aussi, en avez-vous ici ?

Liza : Je ne sais pas, je vais me renseigner. Je reviens.

Sheli : Non, ce n'est pas urgent. Laisse pour demain.

Liza hocha la tête. Elle ajouta : « Ma chambre est à côté de la tienne, tu as un bouton près de la table de chevet, si tu appuies dessus, cela enclenchera une petite sonnerie de mon côté et je viendrais te voir. N'hésite surtout pas, d'accord ? »

Sheli : Oui d'accord. Je te remercie.

Liza lui sourit en guise de réponse. Elle sortit et la laissa seule dans sa nouvelle chambre. Elle regarda par la porte-fenêtre et admira la vue jusqu'à ce qu'elle s'endorme.

18

Le lendemain, Sheli se réveilla en sursaut et en sueur. Elle était trempée, elle avait refait l'un des cauchemars habituels. Assem la violentait et l'insultait copieusement tout en la déshabillant et la tripotant. Lui promettant de la tuer si jamais elle parlait.

Elle n'avait pas envie que Liza ou quelqu'un d'autre la découvre dans cet état, alors elle tenta de se hisser hors du lit. Son fauteuil roulant n'était pas loin d'elle. Elle ressentait de fortes douleurs à chaque effort. Elle utilisait ses bras pour se soulever mais se rendit vite compte qu'elle ne parviendrait pas à sortir de là sans aide. Cela la rendait vraiment mal à l'aise, elle était complètement dépendante des autres et elle détestait cela.

Elle préféra attendre qu'on vienne la voir plutôt que d'appeler elle-même et paraitre fragile et faible. Lorsqu'après au moins une heure, Liza finit par voir si tout allait bien, elle retrouva Sheli en travers de son lit, fixant le plafond, elle s'approcha et lui dit : « Pourquoi ne m'as-tu pas appelé ? »

Sheli : Bonjour, j'aurais aimé pouvoir me débrouiller seule mais il faut que je me rende à l'évidence, ce n'est pas pour tout de suite. C'est difficile de dépendre des autres tu sais…

Liza : Je comprends, mais ce n'est que passager. Aujourd'hui, tu vas voir les médecins. Tout le monde t'attends pour petit-déjeuner.

Sheli : Ah bon ?

Liza : Bien sûr, allez viens, je vais t'aider à te préparer. Elle aida cette dernière, elle la fit glisser vers la sortie du lit et la souleva un peu pour l'asseoir sur le fauteuil. Ensuite, elle l'emmena dans la salle de bain et la laissa se déshabiller. Pendant ce temps-là, elle refit le lit et ouvrit en grand la porte-fenêtre. Elle sortit des vêtements propres et neufs pour cette dernière et les posa sur le lit propre. Elle partit l'aider à se laver tout en évitant de mouiller les bandages du buste. Ce qui n'était pas chose aisée. Après plusieurs efforts, elle la sortit et l'aida à se rhabiller. Elle lui sécha les cheveux et les brossa. Elle la fit se regarder dans le miroir sur pieds et lui dit : « Tu es toute belle, tu es prête ! »

Sheli refusait de se regarder, elle dit : « Non, je ne suis pas belle, je ne ressemble à rien. Je suis grosse, je suis une merde. »

Liza se mit à hauteur de cette dernière et lui dit : « Non, la merde c'est ce monstre qui t'a fait du mal, c'est lui le perdant, maintenant il paie pour tout le mal qu'il t'a fait subir. Je suis bien contente qu'il ait été tué, il ne méritait que ça. Toi, par contre, tu as été sauvé et épargné, la voiture aurait dû sauté quand il a lancé le briquet mais cela n'a pas été le cas, parce que tu devais vivre, tu as un avenir prometteur, tu es une belle fille à qui est arrivée de très mauvaises choses. Peu de monde s'en sortirait aussi bien que toi tu sais. Alors je sais que pour l'instant tu n'as pas cette impression mais je t'assure que tu es un exemple pour beaucoup d'entre nous. Alors ne répète jamais cela, tu n'es pas une mauvaise fille, tu n'es pas une merde, tu n'es pas une mauvaise personne, tu n'as pas demandé à vivre ces horreurs, tu n'as rien fait de mal. Aujourd'hui, tu es bien entourée et tu vas aller de mieux en mieux, ce sera un peu long mais tu y arriveras parce que tu n'es plus seule, parce que tu es riche, parce que tu as bon cœur et que tu penses aux autres avant de penser à toi. J'ai bien vu comment tu te sentais lorsque ton ami te portait hier soir, tu aurais voulu mourir à ce moment-là mais tu n'as pas osé le lui dire de peur de le froisser. Et c'est là que l'on voit et que l'on reconnait, une personne noble et bonne. Tu as le cœur sur la main, je suis sûre que tu es cette personne qui donne, aime sans compter pour aider plus faible, plus petit que toi. Le mettant sur un même pied d'égalité que toi pour qu'il ne ressente pas de différence. Cela fait de toi, une personne incroyable, tu es loin d'être comme cette ordure disait. Ce sera long, mais je suis sûre que tu finiras par en prendre conscience. Si tu as besoin de parler, je suis là, n'hésite pas ! »

Sheli se mit à pleurer, trop d'émotions. Liza la prit dans ses bras et la rassurait : « Ça va aller Sheli, je me doute que cela ne doit pas être simple, mais tout va rentrer dans l'ordre, tu reverras ta mère et tu vivras heureuse. J'en suis persuadée ! »

Sheli se redressa, Liza lui tendit un mouchoir, elle l'utilisa puis se calma peu à peu. Elle avait quasiment repris ses couleurs normales. Liza lui dit : « On peut y aller ? »

Sheli hocha la tête. Elles rejoignirent les autres qui discutaient en l'attendant. Elle se rendit compte que la table avait changé, elle était trois fois plus grande mais elle contenait tout le monde. Tout se trouvait sur la table, des croissants, pains au chocolat, baguettes encore tièdes avec beurre, confitures, miels et pâtes à tartiner. Il y avait du café, du thé, du lait, du chocolat en poudre à disposition, des céréales healthy mais également des plus traditionnelles telles que les éternelles « Chocapic » ou d'autres de ce type. Bref, il y avait un choix incroyable ! On aurait pu se croire à l'hôtel. Matt s'approcha de sa fille et lui dit : « Bonjour Sheli, tu as passé une bonne nuit ? »

Sheli : Oui, ça va. Merci. Je n'ai jamais vu une table comme celle-ci avec autant de nourritures !

Matt : Oui, nous avons pris en considération tes remarques d'hier et nous t'attendions pour petit-déjeuner tous ensembles. As-tu faim ?

Sheli : Oui, je crois que le petit-déjeuner est mon repas préféré.

Matt : Tant mieux. Cela me rappelle ta mère, elle aussi adorait ce moment de la journée. D'ailleurs, aujourd'hui, je vais m'occuper de son cas. Je te tiendrai au courant, d'accord ?

Sheli hocha la tête. Elle s'installa près d'Eliam qui lui dit : « Tu as bien dormi ? »

Sheli : Bof. Enfin, ça va.

Eliam sentait qu'elle ne lui disait pas toute la vérité. Il regarda Liza qui ne laissa rien paraître. Elle devait en savoir plus mais avait dû promettre de se taire.

Ils mangèrent de bon appétit. Sheli prit des céréales et bu un verre de jus de pêche maison. En temps normal, elle aurait dévoré trois bols de céréales, mais ici, dans ces conditions, elle ne se le permettrait pas. En plus, elle avait décidé de maigrir, plus jamais, elle ne voudrait éprouver la gêne ressenti la veille avec Eliam.

Jeff s'en aperçut et lui dit : « Tu ne manges pas ? Tu sais ici, tu peux te faire plaisir, personne ne te jugeras ! Regarde, moi, j'ai pris des tartines et je vais maintenant manger des céréales. »

Sheli : Et je vous souhaite un excellent appétit. Mais ce que j'ai pris me suffit amplement, je vous assure.

Matt : Es-tu malade ?

Sheli : Non, pas du tout.

Matt ne répondit rien, il sentait lui aussi, qu'il se passait quelque chose avec elle. Eliam lui jeta un coup d'œil et celui-ci comprit qu'il n'était pas le seul à la ressentir ainsi.

Lorsque tout le monde eut terminé, chacun se leva et débarrassa la table, Sheli était la seule à ne pas pouvoir agir avec eux. Elle se sentait vraiment mal à l'aise. Jenny et Peter s'approchèrent d'elle et lui dirent : « Sheli, nous allons aller au cabinet, d'accord ? Tu vas également rencontrer le kinésithérapeute, faire sa connaissance pour qu'au moment voulu, tu puisses travailler avec lui. »

Sheli hocha la tête. Elle dit à Liza : « S'il-te-plait, dis-leur que je refuse qu'ils viennent me voir, j'ai honte… »

Liza : Tu n'as pas de quoi, tu sais.

Sheli insista, cette dernière finit par accepter. Jenny et Peter sentirent que cela n'allait pas.

Ils la prirent en charge et vérifièrent son état général. Ils discutèrent beaucoup avec elle, chacun d'eux avait également un diplôme en psychologie ce qui leur permettaient de jauger son état psychologique.

Peter : Alors comment te sens-tu ici Sheli ?

Sheli : Je croyais que vous alliez me soigner ?

Peter : Oui c'est ce que nous avons fait mais nous pouvons discuter un peu aussi, non ?

Sheli : Oui pourquoi pas.

Jenny : Alors comment te sens-tu ici ? Es-tu contente ? Passes-tu un bon début de vacances ?

Sheli d'une petite voix : « Oui. »

Jenny : Tu n'as pas l'air très emballée, que t'arrive-t-il ?

Sheli : Euh, je ne sais pas, peut-être que je suis handicapée à cause d'un connard qui m'a massacré, que j'ai été obligé de me faire avorter de mon beau-père, que ma mère est à la police et je ne sais pas si je la reverrais et ce qu'il va lui arriver, que j'apprends que je suis la fille d'un avocat richissime et que je suis sa seule héritière alors que je ne comprends pas ce que je fais dans ce monde injuste et cruel. Que je suis grosse et moche au point que quand je me vois dans un miroir, je détourne le regard. Je me dégoûte, je ne suis qu'une merde, Assem avait raison à ce propos, mes résultats scolaires sont catastrophiques, je n'aime pas étudier, cela m'emmerde profondément. Rien ne m'intéresse. Je suis une nullité, je ne sers à rien dans ce monde. Voilà, vous vouliez me faire parler, vous êtes contents ? Vous avez eu ce que vous vouliez. Je peux monter maintenant ?

Jenny la sentait prête à craquer, ce qui ne tarda pas. Sheli s'effondra longuement, pour la première fois depuis toujours, elle se laissait aller à de gros sanglots sonores et cachait son visage pour que personne ne la voit ainsi. Cela dura toute la durée des soins. Elle n'arrivait plus à s'arrêter. Liza fut appelée pour l'emmener faire une balade en pleine nature et en passant par la porte-fenêtre du cabinet. Ainsi, personne ne la verrait dans cet état.

Sheli ne réalisait même pas qu'elle était dehors, elle ne ressentait plus rien, ni le soleil sur sa peau, ni l'air, ni les petits oiseaux qui chantaient, rien. Plus rien d'autre n'existait hormis son chagrin et son mal-être.

Liza ne supportant pas de la voir ainsi, s'arrêta et se mit à sa hauteur, elle lui dit : « Sheli ! Sheli, écoute moi s'il-te-plait ! Raconte-moi ce qu'il s'est passé ! »

Sheli rouvrit les yeux et s'aperçut qu'elle était dehors. Elle n'en revenait pas, comment était-ce possible. Cela la calma un peu. Elle ne parvenait toujours pas à parler. Alors Liza s'installa près d'elle, s'assit par terre et demeura silencieuse. Elle ferma les yeux et attendit que cette dernière puisse enfin se remettre à parler.

Ce n'est qu'au bout d'un heure à sangloter que Sheli retrouva sa voix, elle lui dit : « Je suis désolée, je suis une incapable, je n'ai même pas réussie à parler… »

Liza se redressa et lui dit : « Non, c'est moi qui suis désolée pour tout ce que tu as supporté, cela devait être horrible à vivre et endurer. En plus, tu te faisais huer au collège par cet imbécile de Calvin, celui-là, j'espère qu'il paiera pour tout le mal qu'il a fait. Tu en as beaucoup bavé, pas étonnant que tu sois comme ça maintenant… »

Sheli : Non, je suis méchante, je suis dans un endroit magnifique et je trouve le moyen de me plaindre. Je ne suis pas digne de tout ça. Je n'ai pas ma place ici.

Liza : Tu as ta place plus que n'importe qui. Tu sais ce que cela veut dire ?

Sheli : Non quoi ?

Liza : Qu'après la pluie vient le beau temps, qu'après les tempêtes et orages violents, on a le droit de vivre et de se relever. Tu as vécu l'enfer, bien des choses éprouvantes que beaucoup ne connaitront jamais, et tu es toujours là. La vraie toi doit se faire une place et reprendre le dessus sur la toi de maintenant, qui est fragilisée par tous ces fichus évènements, mais tu peux le faire. Tu es une belle âme, je le sens. Tu as un beau destin qui t'attends, et les études et les diplômes ne veulent rien dire.

Sheli : C'est tout le contraire de ce que disait Assem...

Liza : Assem était un monstre diabolique. Il est mort et personne ne le regrettera. Il était tellement toxique, c'était un raté qui ne fichait rien, il s'accrochait à ta mère pour lui piquer tout son argent et à toi pour te faire souffrir parce qu'il ressentait ton haut potentiel et voulait que tu demeures au même niveau que lui, pour qu'il ne soit pas tout seul à rester tout en bas. Mais ce qu'il ne savait pas, ce qu'il n'avait pas pensé, c'est qu'en te faisant toutes ces misères, tu continuerais à te relever et à te battre, tu as une force de caractère incroyable, dès que l'on te voit, on le ressent. On discerne une envie de vivre folle, tu ne t'en rends pas compte mais je t'assure que tu inspires la confiance, la sincérité et l'amour. D'ailleurs, j'ai entendu dire que tu avais la foi ?

Sheli : Oui bien sûr.

Liza : Eh bien, ça doit t'aider depuis le temps.

Sheli : Tu es croyante toi ?

Liza : Je l'étais puis je me suis détournée de tout ça. Mais je comprends que tu puisses l'être, cela peut-être une force.

Sheli : Moi, je n'ai jamais oublié Dieu dans mes prières, et il faut croire qu'il ne m'a pas oublié non plus puisque je suis là. Mais je n'ai pas ma place ici. Je sais que Monsieur Callum espère que je le tutoie et que je l'appelle papa sans doute mais je n'y arrive pas. Je ne sais même pas comment il a connu ma mère. Je ne connais rien de leur vie, ma mère s'était bien gardé de me dire que mon vrai père était toujours vivant. C'est un choc maintenant de se retrouver ici, dans un cadre aussi luxueux entourée de personne adorable mais je ne me sens pas à ma place.

Liza : C'est normal, le contraste est puissant mais cela ne veut pas dire que tu n'es pas destinée à vivre tout ça. Dieu t'a peut-être réserver un avenir majestueux, à toi de saisir cette opportunité. Je suis sûre et certaine que tu y parviendras sans difficultés. Les âmes pures parviennent toujours à s'en sortir.

Sheli : C'est gentil de me dire ça. Mais en attendant, tout ce que j'ai dit aux médecins, je suis sûre qu'ils vont tout répéter à Matt et je vais me sentir honteuse.

Liza : Non, ils ne diront rien. Ils sont tenus par le secret médical. Veux-tu rentrer maintenant ?

Sheli : Oui d'accord. Mais quelle heure est-il ?

Liza : Il est dix heures.

Sheli : Ah d'accord.

Liza : Veux-tu que j'appelle Eliam ? Que penses-tu de lui ?

Sheli : Il est gentil. Hier, il a voulu m'embrasser mais je n'ai pas pu. Tu sais, à cause de…

Liza : Oui, je vois. C'est normal et il a dû comprendre aussi. Il a l'air d'être intelligent. Tu l'apprécies ?

Sheli : Oui. Au début d'année, je le trouvais craquant mais depuis, il s'en est passé des choses... On aurait dû s'approcher davantage mais je ne peux pas.

Liza : Il n'y a pas de bons moments, c'est quand tu seras prête. S'il ne comprends pas cela, c'est qu'il n'est pas fait pour toi et inversement.

Sheli ne répondit rien. Liza ajouta : « Veux-tu le voir ? »

Sheli : Cela dépend de lui. Peut-être qu'il est occupé...

Liza : Eh bien, il n'y a qu'un seul moyen de le savoir. Je vais aller lui demander. Tu restes ici ?

Sheli : D'accord.

Liza partit la laissant seule.

19

Sheli regardait autour d'elle et fut prise d'un très gros vertige, elle avait l'impression qu'Assem était là et allait déboulé à tous moments alors pour éviter qu'il ne la touche, elle se leva de son fauteuil, malgré la douleur, elle se mit à marcher difficilement en boîtant et finit par tomber par terre. Elle l'entendait lui hurler dessus : « Sheli viens ici tout de suite, sinon ça va être ta fête ! »

Elle rampait aussi vite que possible, elle avait l'impression qu'il allait parvenir à ses fins. Elle pleurait et hurlait. Elle trouva une corde par terre sous les feuilles et les épines de pin, elle l'attrapa et voyait Assem en face d'elle, l'insultait et lui donnait des coups de pieds. Elle prit la corde et se la passa autour du cou, elle serra aussi fort qu'elle put. Elle l'entendait toujours alors elle se concentra pour partir vite. Elle pleurait et sentait que l'air ne parvenait plus à rentrer dans ses poumons, elle était en train de partir.

Lorsqu'Eliam et Liza arrivèrent en courant, ils la retrouvèrent à terre, la corde autour de son cou et ils la soulevèrent pour la rentrer aussi vite que possible dans la maison. Que s'était-il passé ? Comment avait-elle fait pour se retrouver à plusieurs mètres de son fauteuil, d'où venait la corde ?

Lorsque Matt et Jeff la virent inconsciente dans les bras d'Eliam, ils s'empressèrent de les rejoindre. Liza s'en voulait beaucoup, après toutes les révélations qu'elle lui avait fait, elle n'aurait jamais dû la laisser seule, elle se reprocherait toute sa vie de l'avoir délaisser ce laps de temps. Jenny et Peter furent mis au courant et la prirent en charge immédiatement.

Matt demanda à Liza ce qu'il s'était passé et elle lui raconta les derniers évènements, les dernières paroles qu'elles s'étaient dites avant qu'elle n'aille chercher Eliam pour lui tenir compagnie.

Matt semblait très agacé, il lui dit : « Vous êtes renvoyé ! Préparez vos affaires, je trouverais quelqu'un d'autre pour vous remplacer. Vous auriez dû savoir qu'elle ne pouvait pas rester seule, pas après tout ce qu'elle a endurait… »

Liza : Mais Monsieur Callum, je ne pensais pas que si peu de temps pourrait lui coûter la vie.

Matt : Elle n'est pas morte, pourquoi dites-vous cela ?

Liza : Enfin, je veux dire que je ne pensais pas qu'elle se retrouverait inconsciente hors de son fauteuil.

Jeff tentait de calmer son patron mais celui-ci était incontrôlable. Il hurlait et sortit finalement de la demeure. Il ne supporterait pas un nouveau drame avec sa fille. Il préféra rester dehors pour se calmer totalement. Jeff alla aux nouvelles auprès des médecins, ces derniers ne prirent pas le temps de répondre, ils étaient en train de lui faire un massage cardiaque et heureusement qu'ils étaient aussi bien achalandés qu'en hôpital. Ils la firent revenir à elle, le cœur se remit à battre, elle était sauvée. C'était moins une ! Ils l'installèrent dans un lit médicalisé et poursuivirent leurs soins. Ils sortirent retrouver Jeff et Matt et les prévinrent de son état. Jeff souffla et se laissa tomber sur le fauteuil proche de lui. Que s'était-il passé ? Comment cette corde s'était-elle retrouvée là ? Quelqu'un l'avait volontairement placer là, pour qu'elle s'en serve, mais qui aurait eu envie de la voir morte ?

Eliam était rentré en douce pour la voir, il ne parvenait pas à se retirer les images de Sheli rouge écarlate, inanimée avec cette corde autour du cou, les images repassaient sans cesse. Un cauchemar !

Il se pencha au-dessus d'elle et lui dit : « Oh ce que j'ai eu peur, j'ai cru que tu étais morte ! Je ne l'aurais pas supporté tu sais. »

Contre toute attente, Sheli ouvrit les yeux et lui dit : « Eliam... »

Ce dernier s'approcha et lui dit : « Je suis là, mais que s'est-il passé ? »

Sheli : J'ai vu Assem, il me pourchassait en me hurlant dessus que ce serait ma fête, il m'insultait et essayait de me toucher, je n'ai pas chercher à comprendre alors je me suis levée du fauteuil et me suis mise à marcher en boitant, puis je suis tombée et j'ai rampé, je n'avais pas de forces et j'avais de fortes douleurs et lui était en train de se rapprocher, alors quand j'ai trouvé la corde sous les feuilles, je me la suis mise autour du cou et j'ai serré pour ne plus le voir, pour qu'il disparaisse pour toujours.

Eliam : Oh c'est pas vrai ! Même mort ce cafard continue à emmerder le monde, à te hanter… Je n'ai plus envie de te laisser seule, est-ce que ça te dirait que je reste près de toi tout le temps ?

Sheli : Je ne comprends pas.

Eliam : Je vais demander à ton père si je peux prendre la place de Liza qui a été renvoyé. Comme ça, on sera sûrs qu'il ne t'arrivera plus rien.

Sheli : Mais pourquoi a-t-elle été renvoyé ? Ce n'était pas de sa faute !

Eliam : Ton père n'a pas supporté ce qu'il t'est arrivé. Elle n'aurait pas dû te laisser seule.

Sheli : Et tu veux prendre sa place ?

Eliam : Oui, si cela ne te dérange pas.

Sheli : Mais je me sens mal à l'aise avec toi car je sais que tu voudrais aller plus vite mais je ne peux pas.

Eliam : Tu penses encore à hier soir ? Ne t'en fais pas, j'ai bien compris. C'est moi qui suis désolé. Je vais en parler à ton père et je pense qu'il acceptera.

Sheli : Ce n'est pas possible, elle m'aidait à faire la toilette, tu ne vas pas pouvoir faire ça !

Eliam : Alors je l'aiderais à trouver une personne de confiance, j'ai un bon instinct pour ce genre de choses.

Sheli ne dit rien. Elle aimait bien Liza. Elle demanda à voir son père. Celui-ci s'approcha d'elle et lui réclama des explications qu'elle donna comme elle l'avait fait un peu plus tôt à Eliam. Matt se reprochait de plus en plus son silence toutes ces années, s'il avait répondu présent, Sheli n'en serait pas là aujourd'hui. Il avait rêvé d'une grande carrière à l'étranger, parmi les personnalités les plus recherchées, il avait fini par se perdre et mettre en danger ce qui comptait le plus au monde, sa famille. Il avait perdu sa copine qu'il connaissait depuis de nombreuses années et qu'il aimait énormément et une fille dont il ne soupçonnait pas l'existence. S'il l'avait su, jamais il ne serait partit. Ou peut-être que si, mais il refusait de penser à cette idée, cela lui rappelait l'homme qu'il détestait à présent, celui qu'il était il y a encore peu. Il s'était embourgeoisé.

Il avait changé en quelques semaines, il s'en rendait compte. Sa fille Sheli lui avait mis claques sur claques et lui avait remis le cerveau à l'endroit par son courage et sa résilience. Il regarda sa fille et tout en pleurant, lui demanda pardon pour la vie misérable qu'elle avait eu jusque-là. Il lui raconta sa rencontre avec sa mère, comment ils s'étaient aimés, comment ils envisageaient l'avenir, comment il avait appris qu'on lui avait attribué une bourse complète pour poursuivre ses études aux Etats-Unis et comment il voyait là, l'unique chance pour lui de parvenir à vivre ses rêves. Il lui dit : « Si j'avais appris la nouvelle de ton arrivée, je ne serais certainement pas parti, tu n'aurais pas vécu tous ces drames. Ta mère a raison, je suis responsable d'une partie de ton malheur. Mais j'espère pouvoir me rattraper, pardonne-moi ma fille, je t'en prie ! »

Il avait posé sa tête sur le lit et pleurait. Elle lui mit la main sur les cheveux et lui dit : « Je vous pardonne. »

Matt se redressa et lui dit : « Tu es précieuse, j'espère qu'un jour, tu t'en rendras compte. En attendant que je retrouve une remplaçante de Liza, Eliam jouera ce rôle d'accord ? »

Sheli : Mais comment ferais-je pour me laver ? Il ne pourra pas m'aider quand même ?

Matt : Molly t'aidera pour les trucs de fille.

Sheli : Qui est Molly ?

Matt la fit appeler, celle-ci se présenta à cette dernière : « Enchantée, mademoiselle. Je suis la cuisinière et femme de chambre. »

Sheli : Devenez ma dame de compagnie et cessez votre travail de femme de chambre, restez cuisinière et je vous aiderais en cuisine car j'aime cela. Cela vous convient-il ?

Molly : Oui mademoiselle, si monsieur votre père n'y voit pas d'inconvénients ?

Matt : Sheli est la future patronne, elle peut à loisir décider de modifier les rôles de chacun, je lui fais entièrement confiance.

Molly : Très bien monsieur, je serais avec plaisir la dame de compagnie de mademoiselle.

Sheli : Pour commencer Molly, tutoyons-nous d'accord ? Parce que je ne suis pas assez vieille pour que l'on me vouvoie et vous non plus d'ailleurs.

Molly : D'accord Sheli. Je te remercie pour la proposition. Je tâcherai de bien m'occuper de toi.

Sheli : J'en suis persuadée. Merci d'accepter ma requête.

Matt : Bien, je suis heureux que tu sois saine et sauve Sheli. J'ai eu des nouvelles de ta mère et elle devrait bientôt pouvoir nous rejoindre ici.

Sheli : Elle est libre ?

Matt : Oui, j'ai fait jouer mes relations. Et je suis intervenu moi-même, le temps qu'elle sorte et qu'elle se prépare, elle sera là dans quelques temps. Tu es contente ?

Sheli : Oui quand même. Que lui était-il arrivée ?

Matt : Elle a été mise en garde à vue pendant trois jours et elle a été interrogée. Cela se passait mal car elle se contredisait pendant les interrogatoires mais nous avons fait pression en démontrant qu'avec les derniers évènements te concernant et ton départ ici, elle était perturbée et qu'ils ne pouvaient pas prouver quoi que ce soit. Ils l'ont donc relâché. Par contre, Sheli, je l'ai aidé au nom de notre ancienne relation commune et aussi parce que tu me l'avais demandé mais je t'avoue que je ne comprends toujours pas ses choix et ses prises de positions concernant Assem à ton égard.

Sheli : Oui je comprends car je suis pareil. Mais, cela ne regarde que nous. Inutile que la police s'en mêle. Alors merci de l'avoir sortie d'une affaire difficile.

Matt : Avec plaisir. Je te l'avais promis. Je vais parler avec les médecins. Je te laisse avec Eliam.

Sheli hocha la tête. Celui-ci fut appeler par Molly mais il ne vint pas. Elle resta donc quelques minutes de plus auprès de Sheli.

Après une vingtaine de minutes, il s'approcha d'elles, l'air grave et leur dit : « Je sais qui est Liza ! »

Molly prit peur et rétorqua : « Qui est-elle ? »

Eliam : C'est une des conquêtes de Calvin, je suis allé dans sa chambre et j'ai fouillé dans ses affaires, elle n'a pas dû faire attention mais elle a laissé tomber une photo d'elle et lui dans les bras en train de s'embrasser. Je pense qu'elle a mis la corde dans le parc pour que Sheli la trouve et tente de se tuer, elle était au courant de tout puisqu'elle s'était confiée à elle.

Sheli : Donc tout était prémédité ?

Eliam : J'en suis sûr. Je vais prévenir ton père.

Sheli : D'accord.

Les médecins furent mis au courant par Molly et alors qu'ils s'affairaient autour de Sheli, ils lui dirent : « Nous sommes soulagés que tu sois revenu parmi nous, c'était moins une. Veux-tu que l'on parle encore un peu ? »

Sheli : D'accord. Allons-y. Je suis désolée pour tout à l'heure.

Jenny : Ce n'est pas grave, c'est normal. Tu es aussi là pour cela.

La séance redébuta mais dans le lit médicalisé cette fois. Molly retourna en cuisine et raconta les dernières nouvelles au sujet de Liza et Sheli à ses compères.

20

Après environ deux heures de discussions animées avec ses médecins, Sheli se sentait un peu plus apaisée. Elle comprenait que c'était normal de revivre ses scènes horribles avec l'autre Assem et qu'il lui faudrait du temps pour l'oublier. Enfin, pas l'oublier mais être capable de surmonter ses traumatismes pour pouvoir vivre plus normalement. Le chemin serait long et difficile mais elle finirait par y parvenir.

Elle se confia à Jeff en sortant : « J'ai besoin de vous dire quelque chose d'important. »

Jeff : Je t'écoute Sheli.

Sheli : Je souhaiterais que l'on renvoie la plupart du personnel. Je ne sens pas du tout cette Molly, ni la plupart d'entre eux.

Jeff : Qu'est-ce qui te fait dire cela ?

Sheli : Au cours de ma vie, j'ai subi bon nombre d'injustices et j'ai été confronté à de multiples cas de figure, j'ai connu beaucoup de personnes et je pense qu'à force j'ai développé le don de reconnaitre celles qui sont vraiment sincères des autres. Et je peux vous assurez que Molly et beaucoup d'autres membres du personnel ne servira à rien dans l'amélioration de mon état.

Jeff : Dois-je comprendre qu'il s'est passé quelque chose ?

Sheli : Non, mais soyez sûr qu'elle a raconté tout ce qu'elle a entendu aux autres et même si c'était censé rester confidentiel, ils sont tous au courant maintenant. Cela veut dire qu'ils ne seront jamais neutres, cela veut surtout dire que nous ne pouvons pas leur faire confiance. Hors la confiance est primordiale pour vivre en harmonie. J'avais accepté de venir vivre chez vous parce que vous étiez seul, que l'on aurait été deux avec Toast et cela me suffisait amplement. Ici, tout est impersonnel. Nous pouvons faire à manger nous-même, nous n'avons besoin de personne d'autres. À la rigueur, qu'une ou plusieurs femmes de ménage passent ici pour le travail hebdomadaire mais je ne vois pas l'intérêt d'avoir une dame de compagnie, surtout depuis Liza et cela me rend nerveuse. Je ne peux pas en parler à Matt, je ne sais pas s'il acceptera mais vous, vous pouvez le faire pour moi. Il vous écoutera certainement davantage.

Jeff : Je comprends ce que tu veux dire. Je vais juste aller vérifier tes dires en cuisine, juste pour voir si ton don est aussi affûté que tu le penses, viens suis-moi nous allons les espionner. Il la souleva et la rassit sur son fauteuil.

Sheli hocha la tête et sans faire aucun bruit, ils se postèrent derrière les portes des cuisines où les rumeurs allaient bon train entre tous les membres du personnel. Jeff n'en revenait pas, Molly avait tout répété à ses collègues de travail, on ne pouvait donc pas lui faire confiance. Sheli avait donc raison. Il semblait écœuré et lui dit : « Ton don est bon, je vais en parler immédiatement à Monsieur. »

Sheli hocha la tête. Il la ramena dans le salon et elle se mit près de la cheminée où se trouvait Toast, dès qu'il la vit, il se posa sur elle et se rendormit en ronronnant.

Eliam la rejoignit et lui dit : « Ta séance s'est bien passée ? »

Sheli : Oui, mieux que la première fois. Nous avons discutés pendant deux heures.

Eliam : C'est super ! Je suis content pour toi.

Sheli : Merci. Et sinon, tu fais quoi ?

Eliam : Je suis descendu pour déjeuner. Sais-tu ce que l'on va manger à midi ?

Sheli : Aucune idée, ce sera la surprise.

Eliam : Tu te plais ici ?

Sheli : Je ne sais pas. Et toi ?

Eliam : Ouais, c'est cool. Tout est immense et propre ! Et la vue sur l'océan est remarquable.

Sheli : C'est vrai, c'est reposant. J'en avais besoin. Je repense à Calvin. Pourquoi est-il ainsi tu penses ? Tu crois qu'il savait que Liza tenterait de me nuire ?

Eliam : Non, parce qu'il ne connait pas ton lien de parenté avec votre père commun. Est-ce que je peux te dire quelque chose d'important ?

Sheli : Oui.

Eliam : Ecoute, j'ai bien réfléchi et je ne sais plus trop si toi et moi ça peut marcher.

Sheli ne montra rien mais intérieurement, elle souffrait. Elle ne répondit rien. Il poursuivit : « Je sais que c'est assez inattendu mais je pense que je vais rentrer chez moi. »

Sheli : Si tu veux, je te souhaite un bon retour.

Jeff s'approcha et elle lui dit, la voix tremblante : « Jeff s'il-vous-plait, pouvez-vous me remonter dans ma chambre ? Je suis vraiment épuisée ! »

Jeff : Pourquoi ? Que se passe-t-il ?

Sheli ne répondit rien. Jeff se tourna alors vers Eliam qui lui dit : « Je préfère rentrer chez moi, je n'ai rien à faire ici avec vous. »

Jeff semblait choqué par ses dires, pourquoi réagissait-il ainsi tout à coup ?

Il appela son patron et lui fit part de sa décision, celui-ci lui dit : « Pourquoi as-tu changé d'avis d'un coup ? »

Eliam : J'ai rencontré quelqu'un sur la plage l'autre soir après que Sheli m'est repoussé et j'ai compris à ce moment-là que je n'avais pas les épaules pour l'aider, elle a trop de problèmes, je ne me sens pas capable de la soutenir. À quoi bon ? Puisqu'elle ne se voit pas avec moi à part en ami.

Jeff avait éloigné Sheli pour qu'elle ne l'entende pas, mais c'était peine perdue. De là où elle se trouvait, elle hurla dans sa direction : « Allez Eliam, soit un peu courageux et dis-moi clairement que tu me laisses pour rejoindre cette fille que tu as rencontré et qui n'a pas tous les problèmes que j'ai ! Je te souhaite une belle histoire d'amour avec elle... Nous ne nous reverrons pas, je ne reviendrais pas au collège l'année prochaine. Ma décision est prise depuis longtemps, je serai incapable d'y retourner. Alors faisons nos adieux maintenant. »

Eliam : Je suis désolé, je ne voulais pas te faire du tort. Je pensais pouvoir supporter mais ce n'est pas le cas.

Sheli s'effondra et réclama Jeff. Elle lui dit en pleurant : « Tout le monde m'abandonne. J'ai l'habitude. Je voudrais quitter la France, pensez-vous que cela soit possible ? »

Jeff : Je ne sais pas. Où voudriez-vous aller vivre ?

Sheli : Peu importe, du moment que je quitte cet endroit. Je n'en peux plus.

Matt semblait désolé, rien ne se passait comme prévu. Il fixait d'un air désapprobateur Eliam et finit par lui dire :

« Après tout ce que tu as vu la concernant, je ne pensais pas que tu pourrais la faire souffrir autant. Pour une fille banale et sans valeur. Finalement, peut-être que ton père avait raison, peut-être qu'elle est trop bien pour toi, tu ne la méritais pas. Je te renverrai chez toi, demain à la première heure. Tu l'as entendu, tu ne la reverras pas à la rentrée. »

Eliam voulut répondre mais Matt le délaissa pour aller consoler sa fille. Elle était inconsolable, elle lui dit : « S'il-te-plait papa, emmène-moi loin d'ici. Ailleurs, où tu voudras, mais partons le plus vite possible. Avec Jeff, ma mère et Toast. »

Matt réalisait que pour la première fois, elle l'avait appelé « papa ». Il était tellement ému, il pleurait d'émotions et Jeff aussi. Il lui dit : « Je vais renvoyer tout le monde comme tu l'as suggéré à Jeff tout à l'heure et aimerais-tu partir vivre au Royaume-Uni ? »

Sheli : Où tu voudras, du moment que je ne reste plus ici. Je suis malheureuse et je n'arriverais pas à progresser si je passe mon temps à broyer du noir.

Matt : D'accord. Je prépare cela rapidement. J'ai un cabinet secondaire que j'avais délaissé mais qui fonctionne toujours. Je vais le reprendre à temps complet, je t'inscrirais dans une école privée bilingue et tu auras des professeurs dans toutes les matières pour des cours de soutien. Tu verras, tout se passera bien.

Sheli : Oui, je ferais de mon mieux. Préviens maman s'il-te-plait.

Matt : Bien sûr. Jeff, je vous prie de bien vouloir déjeuner avec elle.

Puis s'adressant à cette dernière, il dit : « Préfères-tu manger dans le petit salon ? »

Sheli hocha la tête. Jeff l'y emmena et demanda à ce qu'on les servent là-bas.

Elle n'avait pas très faim, elle mangea quand même pour pouvoir prendre ses médicaments. Jeff lui dit : « Je sais que tu es très déçue par Eliam, nous aussi. Mais dis-toi qu'il se rendra vite compte de l'énorme erreur qu'il a fait en te laissant, ça je peux te le garantir... »

Sheli haussa les épaules, elle finit par dire : « Je vais passer au tutoiement. »

Jeff : Avec grand plaisir !

Sheli : Je vais te dire, je m'en fiche finalement. Je n'ai pas besoin des garçons pour vivre heureuse. Nous étions trop différents. Tout ça parce que je l'ai repoussé l'autre soir à la plage, il a voulu m'embrasser mais j'ai refusé. C'est trop tôt, il a dit que cela ne l'avait pas dérangé mais le même soir, il a fait cette rencontre. Eh bien, qu'il reste avec elle et qu'il m'oublie. Mais cela me fait quand même de la peine, je pensais vraiment qu'il était différent.

Jeff : Nous le pensions tous. Ne t'inquiète pas, Monsieur va faire le nécessaire. Mange bien quand même, prends des forces parce que dans quelques jours, nous serons dans un nouveau pays.

Sheli : Oui et cela me va très bien.

Ils terminèrent leur repas en tête à tête. Eliam était remonté dans sa chambre, il préparait ses affaires. Il avait l'air grave. Il avait menti, il n'avait pas rencontré d'autre fille, il avait raconté cela pour ne pas avouer qu'il avait mal vécu le rejet de cette dernière. C'était bête, mais c'était la première fois qu'il faisait le premier pas et le fait d'avoir été rejeté, il ne l'avait pas admis, pas après tout ce qu'il avait fait pour elle. Sa colère et son ressentiment avaient pris le dessus sur sa raison et son cœur et il avait débité machinalement cette histoire. Maintenant, celle qu'il aimait penserait de lui qu'il n'était pas honnête, ni fidèle ni vraiment sincère alors qu'il se voyait un avenir avec elle. Mais à quoi lui avait servi le fait de faire le premier pas si c'était pour être rembarrer ? Il regrettait tout et aurait souhaité faire machine arrière mais c'était trop tard. Et la nouvelle de Sheli, comme quoi elle ne reviendrait pas au collège l'avait définitivement perdu. Comment ferait-il sans elle ? Comment vivrait-il sans savoir ce qu'elle devenait ? Il sentait qu'il se reprocherait toujours son comportement. Il savait qu'il avait déçu Sheli mais aussi sa famille à savoir son père et Jeff.

Il avait fini de préparer ses affaires, il s'allongea sur le lit et s'endormit jusqu'au lendemain matin où il fut réveillé par son téléphone. C'était son père au bout du fil qui lui dit : « Tu as fait le bon choix mon fils, je viens te chercher, j'arrive dans deux heures environ, prépare-toi. »

Il ne lui répondit rien. Il se leva, prit un bain rapide, s'habilla et vérifia plusieurs fois qu'il n'avait rien oublié. Il ne trouva personne dans la maison, Sheli ne semblait pas présente. Seul Jeff se trouvait en cuisine. Il préparait le repas. Le personnel avait été renvoyé avec un salaire plus que satisfaisant. Il n'osa pas rentrer et lui parler, il attendit son père qui après un temps qui lui parut très long, arriva et lui dit : « Salut, allez viens, je t'avais dit qu'elle n'en valait pas le coup. Cette fille que tu as rencontré, où est-elle et comment s'appelle-t-elle ? »

Eliam ne répondit rien. Il mit ses écouteurs et lança de la musique, tentant par tous les moyens d'oublier sa peine de cœur.

21

Jeff avait entendu Eliam s'approcher des cuisines, il se doutait qu'il allait partir. Sheli se trouvait auprès des médecins et avait sans doute beaucoup de choses à livrer à ces derniers, vu les évènements en cours. Elle avait décidé de se battre et de survivre. Elle avait enfin accepté son père biologique, Matt Callum et sa nouvelle vie. Jeff y avait grandement contribué.

Lorsqu'elle sortit, elle ne se sentait pas aussi soulagée que la veille mais elle savait qu'elle avançait peu à peu. Elle avait hâte de partir de la France. Elle rejoignit Jeff dans les cuisines et l'aida à préparer le repas. Elle ne lui parla plus jamais d'Eliam. Elle fit tout pour l'oublier.

Matt rentra au bout de quelques heures en compagnie de Naelie. Celle-ci était venue en train et il était allé la chercher. Ils avaient pris le temps de discuter et de se retrouver après toutes ces années d'absence. Leur relation était, jusqu'à preuve du contraire, uniquement amicale mais peut-être se laissaient-ils la possibilité d'évoluer ? L'avenir le leur dirait. Pour l'heure, ils se fixaient comme objectif d'aider leur fille à avancer, à dépasser les traumatismes. Il rentra et appela Sheli. Celle-ci ne l'entendait pas, elle chantait à tue-tête avec Jeff des chansons grâce au poste de radio qu'ils avaient mis fort. Matt les entendit et tout en souriant, dit à Naelie : « Attends là, je vais aller les voir. »

Cette dernière hocha la tête. Elle découvrait le domaine où vivait depuis quelques jours sa fille. Elle était sous le charme. Matt rentra dans la cuisine et éclata de rire en les voyant tous les deux, faire les fous. Il redécouvrait avec merveille sa fille dans ce nouvel élément et la voir si souriante, si heureuse, lui réchauffait le cœur. Il savait que Jeff était grandement responsable de ce changement, il prit le parti de lui demander de devenir son parrain, ainsi si jamais, il pourrait en prendre soin autant que possible. Il avait une immense confiance en ce dernier. Il lui en toucherait deux mots à l'occasion.

Il s'approcha tout doucement derrière Sheli et lui dit : « Tu chantes bien avec Jeff ! Puis-je me joindre à vous ? »

Sheli : Bien sûr. Depuis quand es-tu rentré ?

Matt : À l'instant. J'ai ramené quelqu'un. Veux-tu venir voir de qui il s'agit ?

Sheli hocha la tête. Matt l'emmena dans le salon où elle retrouva sa mère. Celle-ci lui dit : « Alors Sheli ? Comme je suis contente de te retrouver, tu m'as tellement manqué ! »

Sheli : Oh maman tu es rentrée ! Comment ça va toi ? Mais quand es-tu arrivée et pourquoi ne m'as-tu rien dit ?

Naelie : Je voulais te faire la surprise. J'ai appris que nous allions quitter la France et allions vivre en Grande-Bretagne ?

Sheli : Oui, je ne peux plus rester ici. Pas après tout ce qu'il s'est passé. Cela te rappellera tes années de jeunesse.

Naelie : Oui je vais pouvoir me remettre à l'anglais et toi aussi d'ailleurs.

Sheli : Oui.

Naelie : Je suis désolée pour ton ami Eliam.

Sheli : Ne me parle plus de lui tu veux ? Il a fait son choix, et ce n'était pas moi. Chacun fera sa vie de son côté maintenant.

Naelie connaissait sa fille, elle savait qu'elle souffrait mais ne le montrait pas. Une rupture amoureuse ou amicale ne faisant jamais du bien.

Elle fut emmenée par Jeff dans ses quartiers le temps de préparer leur départ. Elle avait une suite rien que pour elle.

Elle prit le temps de découvrir les lieux, elle n'en revenait pas non plus du changement de vie, de situations. Elle qui n'avait connu que la galère auprès d'Assem, se retrouvait dans une demeure luxueuse entourée de sa fille, son amour de jeunesse et le parrain de Sheli.

Elle s'allongea sur le lit, il était grand, confortable, douillet. Elle se mit à rire seule et à remercier Dieu de l'avoir enfin libérer de l'emprise d'Assem ainsi que pour sa fille.

Lorsque la cloche retentit, elle prit l'ascenseur et retrouva Sheli, Jeff et Matt en train de l'attendre pour manger.

Quelques jours passèrent et Matt leur dit : « Voilà, tout est fin prêt, nous allons pouvoir partir. L'avion partira demain matin à la première heure. Préparez vos affaires, vous verrez là-bas, vous ne vous ennuierez pas, je vous le promets ! »

Sheli : J'en suis sûre. Tu es pressée autant que moi maman ?

Naelie : Oui, j'avoue que c'est très tentant. J'étais bien ici mais nous pourrons y revenir un jour, n'est-ce pas ?

Sheli : Oui un jour. Pour l'heure, je ne peux plus supporter. Parlons d'autre chose s'il-te-plait.

Naelie n'insista pas. Matt et Jeff discutaient du voyage. Une fois terminé, ils partirent tous se préparer, le lendemain arriverait rapidement. Le soir venu, Sheli dit à sa mère : « Accompagne-moi voir le coucher de soleil, profitons une dernière fois de cette vue magnifique et envolons-nous pour de nouvelles aventures riches et passionnantes. »

Naelie accepta avec plaisir, elles sortirent toutes deux en tête à tête et la mère dit à la fille : « Je suis très fière de la jeune femme que tu deviens, après tout ce que tu as supporté, en grande partie par ma faute, tu es toujours debout et tu es tellement mûre pour ton âge. Ton père m'a raconté tes choix au début, tes actes et je te reconnais bien là, toujours prête à aider les autres, mais ne t'oublie pas, pense aussi un peu à toi ! »

Elle l'embrassa sur les deux joues. Sheli la remercia et lui dit : « Tu veux qu'on s'approche de l'eau ? »

Naelie : Avec le fauteuil, ça va être compliqué non ?

Sheli : C'est une surprise que j'ai tu pendant mon bref séjour ici, mais avec l'aide des médecins et du kiné, j'ai fait des progrès et je peux marcher un peu. Ils m'ont fait passé une radiographie et les fractures ne seront bientôt plus qu'un mauvais souvenir. Ils m'ont retiré les bandages, personne ne le sait puisque je suis habillée.

Naelie : C'est une excellente nouvelle ! Félicitations ! Ton père et Jeff ne sont pas au courant donc ?

Sheli : Non, je voulais leur faire la surprise. Tu ne leur diras rien non plus, d'accord ?

Naelie : Je serais une tombe.

Sheli : Regarde, je me lève toute seule et ça tu vois, il y a encore quelques jours, je ne le pouvais pas. Mais j'ai passé beaucoup de temps avec les médecins et tous pensaient que je ne faisais que parler mais ce n'était pas le cas. Et puis, Dieu m'aide à me guérir. J'aurais pu mourir tellement de fois, la dernière avec la voiture qui a explosé, pourquoi n'a-t-elle pas pété alors que le briquet était allumé et l'essence jetée partout ? Ce n'était pas mon heure voilà tout. Dieu ne m'a jamais abandonné, et il continue en m'aidant à guérir plus vite que prévu. Les médecins m'ont répété plusieurs fois que c'était un miracle.

Naelie : Oui, cela ne m'étonne pas venant de toi. Je suis contente pour toi ma chérie, tu sais ?

Sheli : Oui maman. Je le sais. Je suis désolée que tu aies dû passer de mauvais moments en garde à vue et tout le reste mais ce ne sont plus que des mauvais souvenirs pour toi aussi, n'est-ce pas ?

Naelie : Oui, ce n'était pas facile mais je suis là maintenant. Et plus rien ne m'arrêtera pour rattraper le temps perdu. Je suis désolée pour tout ce que ce pourri t'a fait subir, je ne comprends pas moi-même comment j'ai pu le défendre toutes ces années, je regrette tellement.

Elle se mit à pleurer. Sheli la prit dans les bras. Et lui dit : « Regarde, le soleil se couche, c'est magnifique ! »

Elle se rassit sur son fauteuil et Naelie s'assit sur le muret d'à côté et ensembles, se tenant la main, elles profitèrent une dernière fois de ce magnifique endroit.

Elles flânèrent un peu dans les rues piétonnes et rentrèrent à la maison. Elles retrouvèrent Matt qui téléphonait, Jeff qui s'agitait partout. Ils avaient mille choses à faire. Elles les laissèrent et chacune rentra dans sa chambre pour se reposer avant le grand départ.

22

Eliam était rentré chez lui et regrettait déjà ses actes. Il se détestait, il passa un été pourri. Il tenta de joindre Sheli et Matt mais les numéros semblaient ne plus fonctionner. Il comprit qu'ils avaient déjà quitter la France. Sheli avait dû se sentir rejeter et avait préféré partir plutôt que de continuer à souffrir encore et toujours.

La rentrée approchait, il n'avait pas hâte. Il se posait mille questions. Mais surtout celle qui revenait en boucle, comment ferait-il sans elle ? Il était perdu.

Sheli se trouvait dans l'avion entre Jeff et Matt, Naelie avait un siège du côté de Jeff et Toast était dans sa caisse de voyage dans la soute. Ils décollèrent à 6h40 exactement et arrivèrent 1h50 plus tard à destination. Ils descendirent à l'aéroport de Londres City. Matt aida sa fille ainsi que

Naelie. Jeff avait récupéré Toast. Ils retrouvèrent une voiture avec un chauffeur qui se nommait Mike. C'était un Français qui vivait à Londres depuis de nombreuses années et qui travaillait pour le compte de Monsieur Callum. Il leur dit : « Bienvenue Monsieur Callum, cela fait bien longtemps ? Vous resterez longtemps parmi nous ? »

Matt : Oui Mike, nous venons nous installer ici. Je vous présente ma fille Sheli, l'unique héritière de la fortune familiale et sa mère Naelie ainsi que Jeff mon ami et parrain de Sheli.

Mike : Eh bien enchanté mademoiselle, vous vous plairez ici, où allez-vous faire vos études ?

Matt : Elle ira à l'École Internationale Franco-Anglaise (EIFA) de Londres. Et je lui paierais également des cours de soutien dans toutes les matières pour améliorer davantage son niveau.

Mike : C'est très bien. Je vous débarrasse de vos bagages. Je suppose que vous avez hâte d'arriver et de vous reposer ?

Matt : Oui en effet. Je souhaiterais que vous preniez en charge Sheli ainsi que sa mère et Jeff s'il le souhaite pour leur faire visiter la ville mais surtout qu'ils profitent des vacances d'été.

Mike : Avec plaisir, monsieur Callum. C'est comme si c'était fait. Montez dans la voiture, installez-vous. Nous arriverons dans une petite demi-heure.

Ils prirent place et le remercièrent. Il était encore très tôt, la ville semblait encore endormie. Quelques commerces étaient ouverts mais tout était calme et assez silencieux.

Au bout de ce temps, ils descendirent et aidés de Mike, ils découvrirent enfin leur nouvelle maison. Elle se situait dans un quartier résidentiel et hautement bourgeois.

Sheli prit rapidement ses marques et demanda à Mike de lui parler en anglais le plus souvent possible, afin d'apprendre à maitriser la langue. Il accepta et l'aida à se corriger. Ainsi, elle se mit dans le bain aisément. Elle passa de merveilleuses vacances, très bien entourée. Naelie apprenait à refaire confiance à Matt. Ils se laissaient du temps pour voir s'ils pourraient retenter une vie commune. Matt, apprit juste avant la rentrée scolaire que son divorce avait été prononcé d'avec Kassy. Par la même occasion, il avait été invité à se rendre en France pour témoigner contre son fils et son ex-femme concernant leur délit. Ils écopèrent chacun d'une peine avec sursis et de travaux d'intérêt général. Après leur peine, ils retournèrent aux Etats-Unis et ne remirent plus jamais les pieds sur le territoire français. C'en était fini pour Calvin et Kassy. Personne ne les regretteraient.

Sheli avait fait sa rentrée dans son nouvel établissement et elle semblait s'y plaire. Tout était différent de ce qu'elle avait connu mais surtout personne ne la connaissait d'avant, elle pouvait à loisir se faire un nom autrement qu'en étant montré du doigt comme étant la pauvre fille maltraitée et malaimée. Grâce aux soutiens scolaires des nombreux professeurs qui venaient lui rendre visite presque chaque jour de la semaine, elle remonta petit à petit ses notes et parvint même à décrocher le podium des meilleurs élèves. Elle était méconnaissable. Jamais personne n'aurait pu deviner d'où elle venait, ce qu'elle avait vécu avant son arrivée. Parfois quand elle se regardait dans le miroir, elle peinait à se reconnaitre. La première année se déroula sans difficulté. Elle avait plusieurs amis.es et tout se passait bien. Beaucoup de garçons souhaitaient l'inviter à sortir mais elle refusait toujours. Elle n'était pas intéressée. Elle voulait se donner la chance de vivre intensément et rattraper le temps perdu. Elle pensait parfois à Eliam et se demandait comment il allait, ce qu'il était devenu.

Mais son présent la rattrapait rapidement. L'été arriva et elle fêta comme il se doit, ses 17 ans. Bientôt la majorité. Jamais, elle n'aurait cru cela possible. Matt lui prépara une fête avec tous ses amis.es et elle se sentait de plus en plus proche de lui. Jeff également avait toute sa place dans son cœur. Mike aussi, qui avait contribué à ce qu'elle s'intègre parfaitement dans ce nouveau pays. Naelie qui l'avait soutenu et qui avait même pu retrouver un travail dans le même milieu qu'avant. Tout allait pour le mieux.

L'été passa tranquillement et l'année scolaire reprit. Elle était devenue une jeune femme admirable, tout le monde savait qu'elle était l'unique héritière de la famille Callum et elle était donc un bon parti pour mariage. Les demandes commencèrent à apparaitre mais elle les rejetaient toutes. Un jour, elle dit à son père : « Ecoute, je ne veux pas me marier, peut-être un jour mais je sais d'où je viens et je n'ai aucune envie de me trouver quelqu'un. Je suis bien seule, j'ai appris à me prioriser et à penser à moi, enfin ! Il m'aura fallu du temps. Je ne veux pas perdre ce que j'ai mis tant de temps à créer. Tu peux annoncer à tous ces gens que je ne suis pas intéressée. »

Matt : D'accord, tu as raison. Pense à toi avant tout. Je suis tellement fier de toi. Sais-tu ce que tu voudrais faire plus tard ?

Sheli : Oui, je veux devenir avocate comme toi. Je pense que j'en serais une bonne, non ?

Matt : Oh oui tu excelleras c'est certain. Ainsi, personne ne pourra te marcher dessus. Je t'aiderais à y parvenir. Je suis tellement fier de toi, tu as tellement bien évoluée ma chérie. Ta mère et moi sommes très heureux de te voir si épanouie. Jeff et Mike également.

Sheli : C'est grâce à vous tous que j'en suis là. Sans vous, je n'aurais jamais réussi. Vous avez été ma bénédiction. Je t'aime papa, si fort que cela ne peut se dire en mots. Et j'aime fort Jeff et Mike également. C'est fou quand on y pense, c'est un seul homme puis un second qui m'a détruit et ce sont encore des hommes qui m'ont sauvé.

Vous pouvez être fiers de vous, car je n'aurais jamais cru être capable de changer pour le mieux. J'ai du mal à me reconnaitre. J'aurais bientôt dix-huit ans, je n'en reviens pas... Déjà trois ans sont passés ! Et je n'ai jamais regretté d'être partie, et toi ? J'ai eu ma première partie du bac, chose que je n'imaginais pas possible avant.

Matt : Moi non plus, cela m'a fait du bien et a même reboosté ma carrière !

Sheli : Super ! Tu m'aideras ?

Matt : Bien entendu.

Sheli lui fit un câlin et il l'embrassa sur le front. Il avait en face de lui, une magnifique jeune femme mince, brune aux cheveux longs, aux yeux noisettes/verts et au caractère bien trempé. Elle savait ce qu'elle voulait et où elle allait.

Il leur avait suffi de lui donner les moyens d'avancer pour qu'elle se lance et ne s'arrête plus.

La dernière année de lycée fut intense pour elle. Elle se plongea à corps perdu dans ses études, elle devait obtenir son bac avec mention pour pouvoir rentrer dans l'université qui l'intéressait. Plus rien d'autre ne comptait. Elle obtint une mention bien. Elle put choisir la faculté où elle étudierait. Son père l'aida et avec ses connaissances put lui faire prendre des cours supplémentaires pour la faire travailler davantage, en tant que stagiaire auprès de lui mais aussi de confrères. Ainsi, elle aurait et maitriserait également la pratique sur le terrain.

Elle avait alors 19 ans et alors qu'elle rentrait chez elle après une longue journée de travail, elle se retrouva face à … Eliam. Ce dernier mit du temps avant de la reconnaitre mais lorsqu'il comprit qui se trouvait en face de lui, il se mit à bafouiller et lui dit : « C'est toi Sheli ? C'est bien toi ? »

Sheli : Oui, salut Eliam. Que fais-tu ici ?

Eliam : Je suis de passage pour quelques temps. Cela fait combien de temps ? Quatre ans ?

Sheli : Oui quelque chose comme ça. Je n'ai pas le temps de bavarder, j'ai été contente de te revoir. Bonne soirée à toi.

Eliam : Attends, pourrait-on se revoir ?

Sheli : Non, je suis désolée.

Eliam allait abandonner mais il se ravisa et insista : « Ecoute, je voudrais que l'on se revoit, je te file mon numéro, enregistre-le et donne-moi le tien, comme ça je pourrais t'écrire ce que j'ai sur le cœur depuis toutes ces années. »

Sheli allait refuser mais elle lui dit : « Dépêche-toi, je n'ai pas le temps du tout. Je suis attendue ! »

Eliam : Par qui ?

Sheli : Cela ne te regarde pas.

Eliam : Pardon, je ne voulais pas être indiscret.

Il lui tendit son numéro, elle l'appela et il l'enregistra, il lui dit : « Je t'écrirais ce soir. Tu seras libre ou non de me répondre. »

Sheli ne dit rien et partit le laissant encore plus amoureux que la dernière fois qu'il l'avait vu.

Elle portait des bottines à talons noires, un jean gris qui lui allait parfaitement bien, un chemisier et une veste à boutons longue. Elle était méconnaissable, ses cheveux avaient beaucoup poussés, elle les avaient attachés en chignon et elle était un peu maquillée. Elle était loin de la jeune fille perdue qu'il avait connu.

Il la regarda s'éloigner et se faire accoster par des amis à elle qui l'invitait à aller boire un coup. Elle déclina leur proposition et rentra rapidement chez elle. Il ressentait une jalousie méconnue, il l'avait enfin retrouver. Lui aussi avait bien changer. Il avait encore 18 ans mais aurait dix-neuf ans en fin d'année, il était grand, brun avec un regard et un sourire toujours aussi charmant. Il avait une carrure musclée et il portait un jean bleu foncé, des baskets montantes noires et blanches, un t-shirt blanc et un pull marron par-dessus, il portait un stretch noir sur le tout. Il avait une barbe de quatre jours et ses cheveux étaient bien taillés. Il ne l'avait pas laissé indifférente, mais il ne s'en doutait pas.

23

Eliam avait passé ses dernières années comme un malheureux. Pour ne pas se renfermer complètement, il s'était adonné à ses sports préférés, il allait au football, il avait continué la musculation et sortait aussi souvent que possible avec ses nouveaux amis qu'il avait rencontré grâce à ses loisirs. Il tenta d'oublier son premier amour, mais il n'y parvint jamais. Il y avait pourtant de jolies filles très sympathiques qui lui tournaient autour, mais il n'avait jamais le temps pour cela. Rien ne semblait l'intéresser, rien à part ses sports et ses jeux vidéo avec ses amis.

Il s'était peu à peu éloigner de son père dont il n'était déjà pas très proche, celui-ci hurlant toujours davantage et ne comprenant rien. L'ambiance chez lui était morose. Il parlait un peu plus avec sa mère mais n'abordait jamais des sujets personnels. Il gardait tout pour lui et réfléchissait énormément. Il repensait malgré lui, à Sheli. Comment était-elle devenue ? Où vivait-elle ? Que faisait-elle ? Était-elle heureuse ? L'a reverrait-il un jour ? Et dans quelles circonstances ?

Autant de questions qui lui rappelait ses erreurs commises à son égard. Il se reprochait encore son comportement, il ne s'était pas pardonner de lui avoir fait autant de mal. Parce qu'au fond, il en était convaincu, elle l'aimait autant que lui mais elle n'était juste pas en état de vivre une histoire d'amour. Il la regretterait toujours. Alors il poursuivait ses cours sans trop y prêter attention. Il eut le bac in extremis mais décida de prendre une année sabbatique et d'aller parcourir le monde pour lui laisser le temps de décider de ce qu'il voulait faire de sa vie. Il se sentait perdu, il trouvait toujours que les autres étaient insignifiants, stupides et inintéressant, à part ses amis avec lesquels il partageait des passions communes.

C'est ainsi qu'il s'était retrouvé en Grande-Bretagne et que par hasard, il était tombé sur Sheli. Alors qu'elle devait se trouver chez elle, bien entourée, il se posa dans un café et prit une limonade. Il repensait à elle. Il eut du mal à croire que c'était la même personne, elle avait tellement changer. Elle était vraiment très belle, très classe. Méconnaissable, oui c'était le mot. Sur son visage, apparaissait un sourire. Il ne s'en rendit même pas compte. Il termina sa limonade, laissa l'argent sur la table et partit. Il rentra chez l'un de ses amis du coin. Il se mit à l'aise et finit par sortir son téléphone, il hésitait à lui écrire. Certes, il lui avait dit qu'il avait pleins de choses à lui dire, mais maintenant, il ne savait plus trop comment s'y prendre.

Il respira un bon coup et se jeta à l'eau.

Pendant ce temps-là, Sheli avait raconté à Jeff et Mike sa rencontre avec Eliam. Les deux hommes sentaient qu'elle était chamboulée. Jeff lui dit : « As-tu été contente de le revoir ? »

Sheli : Je m'en fiche à vrai dire. Je l'ai oublié depuis longtemps. Il m'a vite remplacé et a préféré fuir plutôt que de me laisser du temps.

Mike : Mais maintenant que tu n'es plus la même personne, est-ce que tu te sentirais d'avoir une relation amoureuse ?

Sheli : Honnêtement, non. Parce que d'avoir des relations intimes changent tout. Cela peut très bien se passer mais cela peut aussi détruire. Et après tout ce que j'ai traversé, je ne sais pas, je ne crois pas être capable de retomber là-dedans. Peut-être que je finirais vieille fille.

Jeff : Non, j'en doute. Tu es devenue une jeune femme merveilleuse et tu es la seule à ne pas t'en rendre compte. Tu es belle, intelligente, cultivée, généreuse et attentionnée, empathique, tu as le don de la parole, de l'écrit, ton avenir sera grandiose comme celle que tu étais déjà il y a quatre ans mais que tu ne soupçonnais pas encore. Puis-je te poser une question, je ne veux surtout pas te faire du mal, sache-le mais je dois savoir.

Sheli : Oui que veux-tu savoir ?

Jeff : T'arrive-t-il encore de revoir ou repenser à l'autre ?

Sheli : Non, j'ai réussi grâce à vous tous, à votre soutien, votre amour et votre dévouement à l'oublier. Ce qu'il m'a fait sera sans doute indélébile mais j'ai appris à vivre avec et je ne m'assimile plus à lui du tout. Pendant très longtemps, j'ai cru que ce qu'il disait de moi c'était la vérité mais à force de discuter avec les psys et médecins ainsi que vous tous, j'ai fini par comprendre que c'était lui le problème, c'est lui qui était ce qu'il disait que j'étais. Il voulait me perdre parce qu'il se savait perdu également et tous les moyens étaient bons pour y parvenir. Je ne crois pas que je l'oublierais mais c'est mieux ainsi, car c'est en se rappelant d'où l'on vient que l'on est capable de faire preuve d'empathie comme vous dites, c'est en se rappelant des galères traversées que l'on est capable de tendre la main, parce que l'on est en mesure de comprendre exactement ce que l'autre traverse et c'est pour cela que j'ai choisi de devenir avocate comme papa, parce qu'à travers ce métier, menait d'une certaine façon, cela sera possible. Cela me rappellera également toutes les épreuves que j'ai dû traverser pour y parvenir et cela me donnera encore plus de raisons de remercier dieu de m'avoir soutenu, épaulé et secondé dans les périodes noires de ma vie. Je ne vous l'ai jamais dit mais je vous aime très fort, je vous suis tellement reconnaissante pour tout ce que vous avez fait pour moi, je ne sais pas si un jour, je pourrais vous remercier à la hauteur de ce que vous avez fait pour moi. Vous m'avez sauvés de la mort tant physique que psychologique.

Elle les prit dans ses bras et les deux hommes s'empêchèrent de verser quelques larmes. Sheli était devenue si courageuse et si passionnée, c'était ça leur récompense.

Toast sauta sur ses genoux et réclamait sa part. Elle le caressa longuement et l'embrassa entre les oreilles, il ronronna instantanément.

Matt et Naelie rentrèrent dans la pièce et leur dirent :
« Alors comme ça, vous vous faites des câlins sans nous ?

Et si ton vieux père t'en réclamait un, lui en donnerais-tu un ? »

Sheli se leva et alla embrasser son père, elle le prit dans les bras et le remercia pour tout ce qu'il avait fait pour elle puis elle fit de même pour sa mère. Celle-ci portait une bague au doigt, Sheli s'en rendit compte et s'exclama : « Alors ça veut dire que finalement, ça remarche entre vous ? »

Naelie : Oui, ma chérie. Tu en penses quoi ?

Sheli : Je suis contente pour vous, vous vous aimiez avant, c'est bien que vous vous retrouviez. Je vous souhaite du bonheur. D'ailleurs, à ce propos, papa, je dois te parler de quelque chose d'important.

Matt : Je t'écoute.

Sheli : J'ai rencontré Eliam en rentrant des cours tout à l'heure.

Matt : Ah oui ? Comment était-il ?

Sheli : Euh comment ça ?

Matt : Eh bien que t'a-t-il dit ? Et comment l'as-tu trouvé ?

Sheli : Je ne m'attendais pas du tout à le voir. J'étais choquée. Il a tenu à avoir mon numéro car il m'a dit qu'il avait des choses à me dire, j'ai refusé mais il a tellement insisté que j'ai fini par lui donner.

Matt : Le regrettes-tu ?

Sheli : De lui avoir donner mon numéro ? Oui, j'aurais dû être plus ferme.

Matt : Non, de l'avoir revu et perdu il y a quatre ans ?

Sheli : Je n'en sais rien. J'ai tout fait pour l'oublier comme l'autre. Il m'a crevé le cœur mais il avait fait son choix.

Matt : Tu l'aimais en ce temps-là ?

Sheli : C'est possible mais je n'étais pas guérie, je n'étais pas en état d'envisager une relation.

Matt : Et maintenant ?

Sheli : Maintenant, j'étudie pour devenir avocate, j'ai du travail par-dessus la tête. Et cela me suffit amplement. Papa, si je t'ai dit que je n'étais pas intéressée pour les demandes en mariage des prétendants, ce n'est pas pour m'emballer par lui.

Matt : N'est-il pas différent à tes yeux ?

Sheli : Non, c'est un homme et même si j'ai compris qu'ils ne sont pas tous pourris comme l'était l'autre. Il n'en reste pas moins qu'il m'a remplacé le jour-même par une fille normale.

Matt : Tu as raison, il n'a pas su attendre, tant pis pour lui. Donc si tu venais à le rencontrer à nouveau, que ferais-tu ?

Sheli : Rien du tout. Je passerais mon chemin. Je n'ai rien à lui dire, il m'avait tout dit à l'époque.

Matt : As-tu son numéro de téléphone ?

Sheli : Oui pourquoi ?

Matt : Donne-le-moi s'il-te-plait.

Sheli : Pourquoi faire ? Tu veux lui parler ?

Matt : Oui, mais ne t'en fais pas, je ne lui raconterais rien te concernant. Je veux savoir pourquoi il est ici et connaitre ce qu'il recherche.

Sheli : Je n'aime pas beaucoup cette idée…

Jeff : Ne t'inquiète pas Sheli, je suis sûr que tout ira bien. Si tu veux, j'irai avec lui.

Matt : Oui, Jeff m'accompagnera. Comme ça, nous pourrons le sonder davantage.

Sheli : Bon d'accord, vous me direz ?

Jeff : Bien entendu, tu sais tu resteras pour nous toujours notre petite Sheli. Tu es comme ma fille et grâce à toi, j'ai retrouvé un nouveau souffle, tu m'as tellement apporté. Mes enfants étaient déjà grands et avaient quittés le domicile depuis de nombreuses années, j'étais seul depuis longtemps et grâce à ta présence douce et aimante, j'ai pu ressentir des émotions oubliées et revivre. Je te dois tellement. J'ai été si heureux que Matt me nomme parrain. J'ai depuis tout fait pour me montrer digne de cet honneur.

Sheli le remercia et versa même quelques larmes. Cela faisait beaucoup d'émotions. Tout le monde reniflait.

Matt s'exclama alors : « Et si nous sortions, pour une fois que nous sommes tous réunis au même moment, allons dans ton restaurant préféré ma chérie, qu'en dis-tu ? »

Sheli : Je ne sais pas…

Elle voyait bien qu'ils espéraient tous pouvoir sortir un peu, elle finit par dire : « D'accord, sortons. Cela ne peut pas faire de mal de changer un peu d'air. »

Naelie lui dit : « Suis ton cœur ma chérie, concernant Eliam, fais toi confiance. Moi, j'ai confiance en toi, en ton jugement et en ton instinct. Jusque-là, il t'a bien guidé, suis-le encore une fois pour cette histoire. »

Elle l'embrassa et partit se préparer.

Jeff et Mike firent de même. Sheli qui était déjà prête, s'affala sur le canapé du salon et ferma les yeux quelques minutes. Elle les rouvrit en entendant la sonnerie de son téléphone, elle venait de recevoir un message d'Eliam… Son cœur s'accéléra, elle hésita longuement avant de l'ouvrir.

24

Elle resta quelques minutes rivé sur l'écran de son téléphone, sans bouger. Mike fut le premier à la rejoindre et lui dit : « Que se passe-t-il Sheli ? »

Sheli : J'ai reçu un message d'Eliam mais j'hésite à l'ouvrir.

Mike : Tu veux que je le lise ?

Sheli : Tu ferais ça pour moi ?

Mike : Bien sûr, je ne prendrais pas le risque que tu souffres encore. Mais s'il est aussi intelligent que Matt et Jeff le disent, il ne devrait pas avoir écrit n'importe quoi…

Sheli lui sourit, il avait lui aussi, toujours les mots pour la réconforter. Elle déverrouilla son téléphone et le lui tendit. Il l'approcha de son visage et lut en silence :
« *Sheli, dès que je suis partit de la maison de vacances où nous étions, j'ai regretté immédiatement mes paroles, je n'ai pas rencontré d'autre fille, j'ai dit cela parce que pour une fois que j'arrivais à faire le premier pas, tu m'as repoussé et comme un idiot je n'ai pas su réagir, j'ai laissé ma colère et ma frustration prendre le dessus. J'ai préféré couper court plutôt que d'affronter ton regard, j'ai préféré t'éviter et ce faisant je t'ai perdu. Ce jour-là, je ne l'oublierai jamais, le regard que tu m'as lancé, où je t'ai vu pleuré intérieurement par ma faute, moi qui te répétais*

que j'étais prêt à rester à tes côtés, que je nous voyais un avenir commun, j'ai senti que je t'avais perdu à ce moment-là. Je n'ai jamais réussi à t'oublier, je n'ai jamais pu me remettre de cette séparation dont j'étais l'auteur. J'ai pensé à toi tout ce temps, me posant mille questions qui demeuraient toujours sans réponse. Je ne m'attendais pas du tout à te voir là et encore moins être si proche que je puisse t'aborder, mon cœur s'est emballé au moment où j'ai posé les yeux sur toi. La vie londonienne t'a réussi, tu es magnifique. Je sais que ton père et Jeff ont pris bien soin de toi, tu es devenue une jeune femme encore plus belle que ce que je m'étais imaginé. Tu as une classe folle et chaque détail que j'avais gardé dans ma mémoire s'est rappelé à moi pendant cette rencontre brève mais intense.

Je t'aimais comme un fou il y a quatre ans, j'ai toujours été maladroit avec tout le monde, mais encore plus avec les filles. Toi, en un revers de main, tu as fait sauter mes doutes, mes craintes, mes faiblesses, j'ai cru que je pourrais me relâcher et je t'ai perdu. Et tous mes doutes, toutes mes craintes et toutes mes faiblesses, mes défauts ont refait surface comme ça, en un clignement d'œil. Je déteste ce côté sombre de ma personnalité, et j'ai longtemps lutté contre moi-même. De te revoir, de te parler m'a rappeler pourquoi je t'aimais et mes sentiments que je pensais avoir chasser, sont revenus comme au premier jour. Je me doute que tu es passée à autre chose, tu dois avoir beaucoup de prétendants. Tu as tellement l'air sûre de toi, tu as trouvé ta confiance en toi, tu as été bien entourée, c'est évident et j'en suis ravi pour toi, je t'assure. Tu le mérite amplement. J'espère que tu accepteras de redevenir amie avec moi, je n'attends rien de plus de ta part. Mon comportement n'a pas été à la *hauteur de ta personne ni de tes attentes et jusqu'à présent, je ne me pardonne pas de t'avoir rajouter de la souffrance. Je t'aime et je suis persuadé que l'on a un destin à vivre ensemble, je t'attendrais aussi longtemps qu'il le faudra. Eliam, »*

Mike avait bien prit le temps de tout lire, sortit des messages et rendit le téléphone à Sheli. Celle-ci attendait sa réaction. Il lui prit les mains et lui dit : « Penses-tu que de laisser une seconde chance serait envisageable pour toi ? »

Sheli : Hein ? Mais de quoi parles-tu ?

Mike : Lis son message, je t'en prie, ne passe pas à côté de cela. Ensuite, si vraiment tu ne te sens pas, alors fais ce que tu auras en tête mais il te faudra lui répondre clairement.

Sheli soupira et ouvrit ses messages, elle lut ce qu'il lui avait écrit. Elle prit le temps, son père, Jeff et sa mère étaient enfin prêts et les avaient rejoints. Mike leur avait expliqué rapidement la situation et tous attendaient sa réaction.

Elle reposa le téléphone sur le canapé, Matt le lui prit avec son autorisation et lut le message, puis le passa à Jeff et Naelie.

Sheli ne dit rien, elle était sonnée. Elle ne s'attendait pas à cela, jamais elle aurait cru que tout ce qu'il lui avait dit il y a quatre ans, n'avait pas vraiment exister. Elle allait avoir du mal à s'en remettre. Ce qu'elle savait, c'est qu'elle ne lui répondrait pas de sitôt. Elle ne saurait pas quoi lui répondre de toute façon.

Matt l'aida à se relever et lui dit : « Bon, qu'en penses-tu ? »

Sheli : Je n'en pense rien. Allons diner si vous voulez bien. Je commence à avoir faim.

Tous hochèrent la tête, ils ressentaient son émotion mais personne ne sut dire si c'était positif ou négatif. Ils passèrent une soirée agréable et personne ne parla de ce qui pourrait la froisser. Ils se fieraient à son instinct et la soutiendraient quoi qu'il arrive.

Ils ne rentrèrent pas trop tard et Sheli retourna à ses occupations favorites, à savoir ses études. Cette nuit-là, elle ne dormit pas beaucoup, elle préférait se concentrer sur ce qu'elle maitrisait plutôt que sur des histoires qui la poursuivaient.

Elle se leva tôt, elle prit sa douche, s'habilla, vérifia ses cours et son sac, puis descendit préparer le petit-déjeuner pour tout le monde et déposa tout sur la table à manger. Elle grignota quelques nourritures par-ci, par-là et se remit à étudier sur le bureau près de la fenêtre du jardin. Elle se rendit compte qu'il pleuvait, elle partit se changer et prit son stretch pour la pluie, elle n'oublia pas son parapluie et un tour de cou. Elle retourna à ses études pendant près d'une heure. Au bout de ce temps, elle entendit du bruit dans les escaliers, c'était Matt qui descendait. Elle alla vers lui et le salua puis lui dit : « Tout est prêt, tu n'as plus qu'à te servir. Je te rejoins dans une petite minute. »

Matt : D'accord, je t'attends. Tu es bien matinale !

Sheli : Oui, j'ai beaucoup de travail, je n'ai pas le temps de me reposer.

Matt : Tu es la meilleure de ta promo, tu peux prendre un peu de bon temps !

Sheli : Non, et puis je suis sûre que tu étais comme moi au même âge, n'est-ce pas ?

Matt : C'est vrai. Tu veux donc suivre les mêmes traces que ton père ?

Sheli : Ça m'en a tout l'air.

Elle lui fit un grand sourire, il l'embrassa sur le dessus de la main. Il était vraiment fier d'elle.

Ils petit-déjeunèrent en tête à tête et elle sortit rapidement pour ne pas arriver en retard. Il faisait frais et il pleuvait à torrent. Elle marchait vite et arriva à temps pour ses cours. Elle prit le temps de s'arranger un peu puis grimpa quatre par quatre les marches jusqu'à rejoindre l'amphithéâtre et les professeurs qui arrivaient à peine. Et c'était continuellement ainsi, elle était toujours la première et sortait constamment la dernière. Elle prenait le temps de discuter avec les professeurs, elle faisait des heures supplémentaires et quand elle n'avait pas de cours, elle passait au cabinet de son père et pratiquait en tant qu'étudiante pour maitriser tout le jargon, les subtilités dans les différentes affaires traitées.

Les collaborateurs de son père l'appréciaient beaucoup, elle apportait un vent de fraîcheur au cabinet et plusieurs clients souhaitaient uniquement traiter avec elle. Cela était impossible, elle était alors secondé par Matt lui-même pour rester en famille. Il était aussi passionné qu'elle, cela se ressentait dans leur travail commun, ils formaient une merveilleuse équipe.

L'année passa à une vitesse folle, Sheli passa ses examens et les eut haut la main. Lorsqu'elle reçut ses résultats, elle courut en direction de la maison et croisa Eliam.

Il était assis sur un banc et semblait aller mal. Il avait son t-shirt troué et il saignait du nez. Cela la choqua alors elle ralentit son pas et l'approcha : « Eh, que fais-tu là ? »

Eliam se redressa et ne s'attendant pas à la trouver là, il répondit : « Je me suis bagarrer avec un sale con. »

Sheli : Tu l'as salement amoché ?

Eliam : C'est clair.

Sheli : Tu saignes tu sais.

Eliam : Ce n'est pas grave. Ce n'est pas la première fois.

Sheli : Bon d'accord. Si tout va bien, je vais te laisser alors.

Eliam : Attends, reste encore un peu. Tu as l'air heureuse, qu'est-ce qui t'arrive ?

Sheli : Je passe en master en droit, je compte me spécialiser en droit des familles, de l'entreprise, de l'environnement et de l'urbanisme pour commencer. Je suis les traces de mon père finalement.

Eliam : Waouh ! Félicitations ! Tu dois être très fière !

Sheli : Oui en effet. Et toi ? Que fais-tu ?

Eliam : Rien, j'ai pris une année sabbatique. Je réfléchis encore à ce que je voudrais faire. Je pensais jouer pro au football mais j'ai été blessé et je ne pourrais plus y jouer sauf pour le plaisir. Il y a le journalisme sportif qui m'intéresse. Je ne sais pas encore.

Sheli : Fonce et ne tarde pas à passer à l'action, la vie est courte, je m'en rends compte chaque jour.

Eliam hocha la tête. Elle avait tellement changé, il lui dit : « Tu rentrais chez toi ? »

Sheli : Oui, je vais prévenir ma famille.

Eliam : D'accord.

Il se leva et partit. Sheli le regarda s'éloigner et poursuivit son chemin. Il se retourna un peu plus tard et la regarda également quelques instants.

Il se posa sur un autre banc et réfléchit à ce qu'elle lui avait dit sur son avenir. Il était là depuis presque un an et son année sabbatique touchait à sa fin. Qu'allait-il faire ?

Il ne voulait plus quitter l'Angleterre, il espérait toujours qu'elle reviendrait vers lui. Il décida de se prendre un boulot alimentaire et de se payer des études de journalisme.

Sheli rentra chez elle et montra fièrement ses notes et ses mentions à ses parents. Matt la souleva et la fit tourner dans la pièce, ce qu'il était fier d'elle. Il n'avait aucun doute sur sa réussite. Mike, Jeff et Naelie non plus. Ils décidèrent de fêter sa réussite en invitant quelques étudiants et amis de cette dernière pour l'occasion. Matt prépara cela dans le plus grand des secrets et quelques jours plus tard, il dit à Sheli : « Je t'emmène avec moi, nous allons passer un peu de temps ensemble, à papoter comme au bon vieux temps, ça te dit ? »

Sheli : Bien sûr, où allons-nous ?

Matt : C'est une surprise.

Sheli : Je ne sais jamais comment réagir face aux surprises papa.

Matt : Je le sais bien oui mais là, je t'assure que tu devrais apprécier.

Sheli : D'accord, c'est bien parce que c'est toi.

Il prit la voiture et s'arrêta quelques carrefours plus loin, ils descendirent et rentrèrent dans une salle qu'il avait réservé pour l'occasion.

Il lui avait bandé les yeux le temps d'arriver, il lui dit : « Tu peux retirer le bandeau ma chérie ! »

Sheli l'enleva et se retrouva entourer de ses amis et d'Eliam. Comment cela se faisait-il qu'il était présent. Elle regarda son père et celui-ci lui chuchota dans l'oreille : « Laisse-lui une nouvelle chance et si vraiment cela ne se passe pas bien, passe à autre chose. Cela ne te coûtera rien. »

Sheli : D'accord papa. Et merci pour la surprise, je ne m'y attendais pas du tout.

Il y avait au fond, une grande banderole sur laquelle était inscrit en français et en anglais : « Félicitations pour ta réussite ! »

Elle salua tout le monde, il y eu beaucoup d'embrassades et arrivée devant ce dernier, elle se contenta de lui serrer la main. Il lui dit : « Je remercie ton père de m'avoir invité, je serais à la hauteur cette fois, je ne te décevrais plus, j'ai d'ailleurs suivi ton conseil et je me suis inscrit pour poursuivre des études de journalisme. Tu as un bon effet sur moi. »

Sheli : C'est bien. Bravo à toi.

Jeff : Viens Sheli, j'ai une autre surprise pour toi !

Sheli : Quoi donc ? Je n'ai pas besoin d'autre chose, tu sais, je vous ai vous, c'est suffisant !

Jeff hocha la tête, il lui prit la main et l'emmena à l'extérieur, il lui donna des clés et lui dit : « Voilà de ma part et de celle de Mike, ta première voiture. Tu avais passé le permis et tu l'avais obtenu mais tu n'as jamais eu le temps d'aller plus loin, aujourd'hui tu seras plus autonome. Nous sommes certains que tu en prendras soin. »

Sheli n'en revenait pas, elle lui sauta dans les bras, Mike également et les remercia longuement. Elle monta dans la voiture et lança à ses amis : « Alors lequel d'entre vous viendra faire un tour avec moi ? »

Eliam s'approcha et s'installa en un rien de temps, il lui dit : « Ce sera moi, nous avons du temps à rattraper ! Je suis ton homme. »

Sheli : Très bien, allons-y.

Ils partirent faire une balade, ils discutèrent, ils rigolèrent et comprirent qu'ils avaient un destin commun, pendant combien de temps ? Ils n'en avaient aucune idée, mais ils tenteraient l'aventure et ils savaient au fond, qu'ils resteraient bons amis quoi qu'il arrive. Sheli poursuivit ses études et devint une avocate de renom comme son père, elle hérita de la fortune familiale et l'utilisa à bon escient. Son père Matt se maria enfin avec sa mère Naelie qui passait enfin du bon temps avec l'homme dont elle était tombée amoureuse dans sa jeunesse. Jeff et Mike demeurèrent des parents proches de Sheli toute sa vie. Eliam devint journaliste spécialisé dans le sport, il se fit un nom et semblait heureux et épanoui. Ils emménagèrent ensembles mais ce dernier laissait du temps à sa belle et ne la brusquait pas de peur de la perdre encore une fois. Tout allait pour le mieux enfin.

FIN